鬼島記

涂妙沂——著

烏鬼記

目次

卷二　短篇小說

卷三 台語小說

序

西拉雅女性的另類跌宕與飛翔

廖淑芳

對妙沂稍有認識的人都知道，曾經任職於《台灣時報》記者與《民眾日報》副刊編輯的她，在一九八〇到九〇年代以高雄為主的各種環保團體，如「柴山公園促進會」、「保護高屏溪聯盟」或「高雄綠色協會」等綠色運動中，都曾扮演一定的角色，並以原先涂幸枝之名，編有《柴山主義》、《南台灣綠色革命》等書。此一特殊的關懷，又以投入柴山公園自然保護運動對她啟蒙最大，也因此我們對她的認識是從這些具有高度社會意義與運動性的面向開始的。

然而進一步了解她的人會知道，從早年青春階段即已累積出豐富的本土經驗與對土地深刻感情的她，即使能編、能寫，詩歌、散文、小說兼擅，卻也因時光多數投入在為他人而非為自己，加上曾經歷過一番艱難的生命歷程而遠走美國數年，她的寫作雖然開始甚早，卻收割甚晚。這本書裡收錄的極短篇與短篇小說寫作時間幾乎橫跨了她的前半生，此時才出版對這位寫作多年的她來說，誠然是晚了一些。

然而，所有的文學都是生命淬鍊的精華。生命的隱痛、跌宕、蛻變與發現往往能轉換為創作者書寫的素材，成為寫作取擷的沃土。在完成與轉換的一刻，重要的不是這些發生在小說中的故事是否真實？或者是否與創作者的生命歷程一致？而是透過這些故事，我們可以理解創作者所欲傳達的人世道途，及道途中的內面風景。

那麼，我們在這本書裡讀到什麼？本書分三輯編排：包括第一輯極短篇、第二輯短篇小說、第三輯台語小說。細讀其作，可以發現這些作品有童年的城鄉移動與貧窮記憶、少女的愛戀心事、中年女性的滄桑與病痛，卻還有大量對家鄉土地、對遺落在台灣歷史角落一些邊緣族群的疼惜與想像。隨著一篇又一篇往後閱讀，不但可以隱約讀出作品中人物的蛻變演化，並可隨著鄉土與台語小說的出現，循線觀察到其作品隨著時光越為成熟穩健，並形成自己風格的軌跡。一位隨著時光令我們更為期待的創作者，正一步一步掙脫枷鎖，走出更為圓滿內蘊，更能迸發本土女性內在風華的道路。

作者妙沂和我一樣，出生在台灣戰後艱苦的農業時代，在童稚無知的童年時期成長於鄉間，在多感敏銳的少年或青年時期移動到城市讀書求學，並且共同經歷了台灣社會由農業轉入工業，經濟快速起飛與轉變的繁榮年代。隨著經濟的成長與台灣這幾十年歷史的劇烈變化，我們更能接近與體會上一代台灣人在自己土地上面臨的城鄉蛻變與歷史挑戰。更為特殊的是，妙沂出生在台南山上區苦瓜寮，她在青壯年最為蛻變橫逆的時期，認識到自己正是具有西拉雅原住民血統的台灣女人，這些特質使她的創作在一開始就展現南台灣特有的烈豔陽光、鬱綠農田，甚至烈日曝曬後，從大地傳來的混雜了雜草與乾燥泥土氣息的牛糞氣味。這些融混在妙沂小說中的土地特質，如此自然又獨特，是這位西拉雅女性的另類跌宕與飛翔，也是最值得我們辨認與期許的。作為妙沂好友，我無限賀喜這一本遲來的小說，更明白未來其長篇小說的出現正是指日可待。

廖淑芳，現任台灣文學學會理事、成功大學台灣文學系副教授。清華大學中國文學系台灣文學／現代文學組博士。曾任成功大學台灣文學系主任，頂尖大學策略聯盟選送芝加哥大學訪問學者（2017-2018）。

導讀

蔡寬義

讀這一本涂妙沂的短篇小說集是一種享受。她的一篇極短篇小說，讀完它，甚至可能比喝完一杯咖啡的時間還要短，但讀後的回味卻不亞於咖啡的甘醇喔！我總認為小說對讀者的第一個貢獻是單純做為讀者的閱讀享受，其次是對於生活與生命嶄新領悟的提供。這些功能，涂妙沂的短篇小說集都做到了。除此之外，我更推薦的是，這本小說集的主題，是透過數百年來台灣人的生活紀事，彰顯了人們所追逐的價值——對這塊土地的愛。

妙沂是位國際馳名的女詩人，寫了很多台語詩，有很多詩作被譯成外文，在國際文壇享有美譽。她寫詩的語言天分也流露在她寫的小說中。例如，在〈青瞑牛〉中，女主角美嬌對憨直又值得憐愛的男主角阿舉去偷一頭青色的牛的行為，用非貶抑性的調侃口吻對他說：「你就是青瞑牛，做代誌攏袂溜掠，牽一隻青牛作記號？笑破人嘴。」這話的意思大概是：「你這個人真的夠憨直了，做起事情來既不夠圓熟又不精準，還偷來一隻無法掩飾犯行的青牛，就不免被笑話了。」用台語來讀小說中的這句話，就既傳神又精準了。涂妙沂在這一篇小說中，可說是淋漓盡致地掌握了台語的精髓。筆者我是一面朗讀它，一面拍案叫絕。

二戰後出生的台灣人，學校教的歷史只有中國歷史，台灣的歷史是被刻意隱藏的。就算在一九八七年解嚴後的台灣歷史課本，台灣史仍然是附屬於中國歷史下的小小篇章。隨著台灣主體意識的高漲，台灣歷史的教學逐漸在學校教育中取得重要性，甚至在新研擬的高中歷史課綱中被認為台灣歷史不但要有一定的分量，還應該有獨立的篇章，而中國歷史應被列入東亞史的一章。台灣歷史的教育從國民義務教育開始的策略是對的，但讀者透過閱讀小說中的台灣歷史故事，正是台灣人民對台灣歷史的補習。

涂妙沂的〈烏鬼記〉是這本小說集中不可不讀的一篇。這篇小說用第一人稱的視角，擬人化地講述一隻黑鬼三百五十年前迄今的生命故事，從第一句「我是一隻黑鬼」開始，涂妙沂以愛情故事為情節，展現精湛的文筆，帶出了台灣三百五十年來的歷史，甚至溯源台灣文化來自南島文化的陳述。做為一個台灣歷史小說的愛好者，筆者對這一篇〈烏鬼記〉有特別的偏愛，不但反覆細讀，還根據小說故事提及的歷史事件去查閱相關史料，發覺作家縱讀台灣史的細心及優異的呈現手法，值得再次推薦讀者，一定不要錯過了喔！

文學界對於極短篇的定義似未有定論，多數人同意少則一千五百字，多則以三千字為限。但一九八〇年代以後的台灣報紙副刊，不也曾經出現過八百字至三百字等不同的極短篇。極短篇本屬於小說的類屬，但眼尖的小說讀者可能已經發現那些低於一千五百字的極短篇，多數已經溢出了小說的圍籬，穿著堂皇的散文裝，或像詩句不斷地踱步與吟唱於文壇。涂妙沂這本小說集有一篇只有一千字的極短篇〈身體的復權〉值得反覆閱讀與討論。且讓讀者我們來辨識或界定它是小說、散文或詩？李喬大師曾在他的大作《小說入門》中嘗試界定小說是「以散文寫成，包含許多成分的虛構故事。」書中並說明，所謂散文就是不講究節律的書寫作品。成分則至少要有主題意識、人物、故事情節、特殊結構，及敘事觀點等。至於虛構則容許杜撰的手法。如果用上述定義來讀涂妙沂的〈身體的復權〉，我們會驚訝地發現，雖只有一千字的作品，但小說的五臟則俱全呀！它的人物是「她」，也就是女人；故事情節則是夢境的現實與虛幻；結構如灌木林的枝葉交錯；敘事觀點是「第三人稱單一觀點」；使用的語言近似詩語；而它的主題意識則留給讀者您來判定。透過這樣的細讀與分析，讀者將會與筆者我同感，可以毫無懸念地認定〈身體的復權〉是極短篇佳作中的佳作。

前述讀小說的第一個好處是享受閱讀，其次是生命的領悟。當首要的目標無法獲取時，就只好退而求其次了。這樣的狀況就發生在筆者閱讀涂妙沂的〈絲瓜掉到陽台下〉時。由於小說的故事情節讀來讓人無法感受到愉悅，反而為女主角的遭遇充滿憤怒與不平。為憧憬愛情而婚姻的女性，為何不堪地以被家暴收場而必須繳械自我療傷？是命中註定，還是愛情叫人目盲導致的？讀者能否從這篇小說〈絲瓜掉到陽台下〉得到反思？小說中女主角的年紀大家暴於她的男主角「四年又五月零七天」。涂妙沂為何用這麼精準的時間來凸顯小說夫妻的年齡差異？自認為敏銳性極高的筆者我，百思不得其解。但能確定的是女主角在請求共同負擔婚前的房屋貸款責任時，再一次無奈地發現她只有自己吃下清償房貸的後果，才能了結這樁不幸婚姻的牽絆。值得同情與肯定的是，小說情節流露著女主角最後一次去見前夫與新歡捲髮A女時已無恨意，讀者可以從這篇小說〈絲瓜掉到陽台下〉領悟到的生命境界是：寬恕。

涂妙沂這本小說集的篇數不算多，一般讀者花個一星期，一定讀得完，筆者卻足足用了兩倍的時間來細讀，因為那些發生在我生活周遭的小人物的故事，看似平常，推敲究裡後卻能發現，篇篇都展現了如同台灣諺語般的生活智慧，加上小說中的隱喻與廣泛的知識，必須延伸查索，以求甚解，所費時間自然延長，但享受閱讀之餘，卻是值得的。

筆者何德何能，承蒙凃妙沂小姐的厚愛，得以先讀到她的大作文稿，並受邀分享些許閱讀心得，內心由衷地感謝。讀小說是筆者從中學時期就養成的興趣；在台灣文學研究所研習時，受到陳建忠教授的教誨及影響，養成了每讀一篇文學作品或一篇文論，隨即慣習地寫下他簡稱「千字文」的閱讀心得。不過，因受妙沂小姐囑咐的字數所限，本文無法呈現每一篇小說的閱讀筆記，期待來日新書發表會時，或可與讀者對話，動腦逐一討論與分享了。

蔡寬義　謹記

二〇一九・二・十四

蔡寬義，一九四七年出生於嘉義。服完三年兵役後（空軍儀隊），從事國際貿易三十八年。二〇一〇年棄商從文，參加大專入學招生指考，錄取於真理大學台灣文學系，畢業後考上國立清華大學台灣文學研究所，以研究李喬短篇小說完成論文，取得文學碩士。目前為國立清華大學台灣文學研究所博士生，延續研究台灣長篇歷史小說。

e-mail：quani@ms51.hinet.net　　Facebook：www.facebook.com/glory.tsai

卷一

小小說

野孩子

遊戲是夏日最狂野而美妙的事。

鄰居的孩子在巷子裡玩「ㄋ咕雞」，他們一夥七、八個，隸屬「五十八弄」幫，他們這附近的孩子也奇特，劃分勢力範圍是以圍牆為基準，很符合土匪據寨稱霸的綠林法則吶！她也住在五十八弄，但不屬於這一幫，她是新搬來的，從僻遠的鄉下搬來，父母是放棄農耕、移居城市的都市勞工，臉上永遠掛著城市人缺乏的卑微，她也彷彿有那種神情，總是露出飢渴友誼的眼睛看人，讓人在認識十分鐘後很快看輕她，鄰居的孩子始終不習慣她。

今天，他們可真是玩瘋了，充分展現五十八弄幫的活潑與實力，男孩女孩都跑出了一身汗，偶爾有媽媽們從陽台上斥喝他們小聲點，也只是暫時壓低他們的聲量，很快地，他們的聲音又像彈棉被般蹦出來，天！他們可真像剛從漫長的雨季裡釋放到池塘的小青蛙，再沒有任何權威可以阻止歡樂的探尋。

她一直在旁邊看著，帶著欣羡的笑容倚靠牆角，有時候他們因為推擠而靠近她，她的內心就飄過一絲期待，那給她極大的鼓勵，「也許今天他們就會讓我加入了？」她心臟跳動加速，臉都漲紅了。但是還未等她有什麼進一步的行動，他們早已一哄而散，遊戲似乎永不止息。

他們慢慢注意到她的存在，偶而轉頭看看她，臉上還掛著遊戲進行中的笑容，但是並沒有在她身上停留太久，就又繼續沉浸在狂野的遊戲中。

有一些風吹過五十八弄，楊桃花飄落地面，飄落水溝，飄落她塌扁的鼻樑，旋又像坐溜滑梯般彈落牆角。

牆角的陰影中，她開始有些煩躁，雖然一直裝作等待哥哥放學的樣子，還是從眼睛被看穿。事實上，她的眼睛停留在他們身上比巡巷子口的時間多，這一點小地方是瞞不過機靈的都市小孩。

但是她無法移開身體了，她被另一種盼望黏在那兒，似乎得靠別人去解開她的難題了。

遠遠的巷子口，她的哥哥背著書包放學回來，他把帽子斜斜戴著，他年長她四歲，剛剛轉學成功進入五年級就讀，她的轉學手續慢了些，待在家裡閒盪，似乎快被悶壞了。

「喂，妳——過來一下！」一個綁辮子的女孩向她叫道。

遊戲戛然而止，五十八弄恢復午後的死寂，所有的男孩和女孩都看著她，她努力微笑著，「啊，他們終於要找我玩了。」心中湧起一陣狂潮，這是一個重要的時刻，鄉下孩子接受城市的第一個考驗，她持續微笑著——

她站到他們中間了，準備接受友誼。

五十八弄保持沉默有好一會兒功夫，然後綁辮子的女孩爆出鞭炮般的聲音：「我們不要跟她玩！」

「鄉下來的野孩子！」另一個剪馬桶蓋髮型的女孩翹著嘴說。

她不由自主地倒退一步，微笑僵在臉上。

「我跟你們說，她頭髮很臭，一定有長頭蝨。」綁辮子女孩大聲宣布。

所有的孩子都睜大眼睛看她。

「走開！」女孩們喊著，表情恐怖。

「走開！」男孩則加入更惡毒的噓聲。

「走開！走開！走開！」

男孩女孩圍著她，發出喔喔吼聲還配上揮動手臂的姿勢，猶如某些原始民族驅趕惡靈般。

那時，她的哥哥背著書包，站在圍困她的小圈圈後面，她看見哥哥，無助地向他求援，在童稚的世界裡，那是她最後的希望。

她的眼睛和哥哥僵持了很久。

「走開！走開！野孩子。」她不懂為何都市小孩要把鄉下孩子冠上一個「野」字，他們玩起遊戲來才是野蠻沒有教養哩！

「走開！」他們的排斥聲浪愈推愈高。

「妳回家去啦！」哥哥囁嚅著，然後便像一隻做錯事的狗夾著尾巴走了。

她想逃走，感覺整個頭上像有幾千隻頭蝨爬著，也不知道怎麼能生出那麼多的力氣，她一躍而上圍牆，像精靈一樣逃走，逃出五十八弄。

夏日午後，只有乾燥的風吹著。

梅仔粉的滋味

太陽照到屋頂上，她幫阿母餵過雞了，阿母去田裡做穡。她和妹妹兩人在廊下互抓頭蝨，她把阿母的竹梳放在磨石子地上一敲，敲下幾隻準備逃命的蝨子，妹妹樂得咯咯笑著，她也跟著開心起來。

妹妹像隻多嘴的麻雀在她耳邊講話，吳土水家的老黃牛被賣掉了，李春瑰的爸爸從都市賺了好多好多錢回家，田淑華的姊姊送她一雙皮鞋，蘇秀蘭……

「阿姊，」妹妹忽然想到什麼，若有所思地說：「我們家是不是很貧窮？」

她訝異地看著妹妹，老實說她沒有想過這個問題，一時不知道該怎麼回答，訕訕地用指甲壓住一隻蝨子，蝨子在指甲和地板的壓力下爆裂開來，發出微弱的嗚咽，那竟是死亡之聲，蝨子糊成一片，血跡沾染指甲上。

太陽照到水缸了，她和妹妹很快又忘記剛才的對話，手牽手去廟埕玩耍，那是姊妹倆每天的例行樂趣哪。

走過蕃薯田，走過豬舍。走過叔叔家，她探頭望了望，堂姊和堂弟不在家。走過石頭路，她回想剛剛妹妹問她的問題，貧窮不貧窮應該怎麼辨別呢？她們家的人口比叔叔家少，田地多，豬少，牛一樣多，實在很難比較，但是叔叔家有好幾棵龍眼樹，每年可以靠龍眼賣一筆錢，這樣算的話，她們家是不是比叔叔家貧窮？她不知道。

走著走著，妹妹走到賣雜貨的店仔頭就不肯走了，死盯著梅仔粉罐瞧，像水牛那麼倔強，怎麼拉也拉不走，她拉一步，妹妹退一步，她拉兩步，妹妹退三步，拉拉扯扯了半天，還沒有離開店仔頭半步。

頭家探頭出來看了，她一急，用盡力氣拉，妹妹絆倒了，大哭，像吹水螺那麼大聲。

她牽著妹妹走過廟埕，有人認出她們是哪一姓人家的小孩，她很快把頭低下，快步走過。

走過石頭路，走到門戶虛掩的叔叔家，她停了下來，決心在她心田裡有如七月狂火燒過稻草埔，炙熱的感覺一直竄升到喉嚨。

妹妹還在啜泣。她吞了一口口水，拖著妹妹潛進叔叔的家，她有些惴惴不安，飯廳的菜櫥如一隻巨大的怪獸怒目瞪視著她，她緊握妹妹的手壯膽，向窗外觀望，窗外的龍眼樹搖晃著樹葉，陽光仍然亮麗。

輕輕搬了張竹椅架在菜櫥下，然後她站了上去，拉開菜櫥的上層小窗，翻開鋁製便當盒，取出被壓在底下的一塊錢銅幣。她的動作像一隻貓，安靜靈巧，手握著銅幣時，掌心有如電擊，斯情斯景令她迷惑，彷彿從前曾經發生過，一種熟悉的感覺流遍全身，是不是必須發生今天這件事，才能確定她是疼愛妹妹的呢？很快地，她又回復平靜，安然從竹椅上落地，妹妹正瞪大眼睛瞧著她，那是她吃驚的慣有神情。

也許應該是嬸嬸的錯，每日下田做穡時，總要招呼堂妹把一塊錢放在便當盒下，由來已久，連她也都熟知此事，一塊錢是用來做為急用的，她感覺迷惑。

她吩咐妹妹去阿母房間等著，然後她拔腿就跑，一路跑到店仔頭才停住，直喘了好幾口氣。

她對頭家亮一亮銅幣，指了指梅仔粉罐，頭家用紙袋細心包好，她頭也沒抬抓了紙袋就跑掉，不跑不行，雙腿像乩童起乩般顫得厲害。

向回家的路上跑，腿的重量變輕了，她心田裡閃過一個疑問，是不是犯過罪的人身體會變輕？因為自尊心喪失了一點，所以重量就減少了。如果她有個姊姊或哥哥就好辦些，她可以提這個問題問他們。

終於到家了，妹妹在阿母房間叫她，「砰！」她重重把門關上，拴上門閂，把梅仔粉倒在妹妹手心，姊妹倆蘸著口水吃起來，妹妹咧嘴笑了，還開心地用舌頭去舔梅仔粉，她也學妹妹的模樣舔著。

這時候，整個村子裡靜悄悄的，只有姊妹倆的童稚笑聲迴盪在空中。

風吹過，猛一抬頭，她看見阿母的梳妝鏡裡，印著兩個滑稽的大花臉，嘴巴周圍方圓五公分都是豔紅色，鼻頭上還沾著稀疏的梅仔粉。

她瞪著鏡中的大花臉看了好一會兒，後來實在忍不住，噗哧笑出聲來……

原載一九九一年一月十三日《中時晚報》副刊

後壁婆

「冬天若到，後壁婆就拚暝般喊：穿清朝衫褲的人來了喔。趕緊來趕伊走啊。」

前埕全是斬香蕉欉頭的聲響，像打鼓一樣敲得磚地咚咚咚叫。黑雲壓下來，愈壓愈低，快壓到咽喉孔了。

「汪，汪。喔——嗚。」

七叔公的老狗，天一暗就吠。七叔公抽長濾嘴煙，老狗孤零零趴著，煙一噴出，牠就神經質地吠吠吠，吠得全村的貓狗雞鴨牛，都不安地騷動。

「咚，咚，咚。」

香蕉欉頭是斬給老豬母吃的，菜刀磨不利，左右手交換斬個把鐘頭，連背也痠了。

疲倦以後的節奏就拖慢變調，間隔的沉默，後壁婆的聲音就衝進來。

「趕緊來趕啊，緊來啊。」

後壁婆的媳婦端著豬肝湯，從巷子走出來，雲黑壓壓辨不清人。風咻咻咻地吹，熱氣一吹，冒起煙花了，好看的白煙花。

「積孽啊，吃齋吃得不乾淨，天天喝豬肝湯。」

金花媳婦扶起乾縮成一小團的後壁婆，白煙花飄拂過扁皺的黃臉。

「阿添，天黑了嗎？」

後壁婆只認得豬肝湯汁的氣味，不太認得媳婦，自顧著跟老伴說家常。媳婦挪好竹枕，細聲地應答。

「阿娘，湯好喝嗎？」

後壁婆滋滋地喝湯，只要是熱湯什麼都好，豬肝是阮年輕時愛吃的，冷天裡啖一口多溫熱，把心肝熨燒煨燙。風掃擊窗櫺劈劈啪啪，後壁婆縮回棉被洞裡，只探出一張枯老的臉。

「金花，我看見妳阿爹和大娘。」媳婦驚異地看著老病迷糊的後壁婆，突然清醒地喊她。

「阿添，為什麼偕阿春來看阮喝豬肝湯？你以前不是只買給阮煮，不買給伊的嗎？」金花，端去別處，阮不喝。」

「阿娘，別這樣啦。阿爹和大娘早回天庭了，再說門栓得緊，他們進不來的嘛。」

「阿添跟阿春和好了，阮孤單一身，後生媳婦也不是阮的親生。」

「阿娘，快喝吧，湯冷了就不好喝啦。」媳婦苦苦勸著，半跪下來。

「嗚——阿春不走，阮不喝。」

媳婦抹著淚，退出後壁婆的房間。

「嗚，豬肝這麼貴，也不喝完，吃剩的誰要喝？這麼貴，也不喝完……」

「什麼人？」

金花揉一揉溼潤的眼睛，兩個身影走出後壁婆的房間，長衫長褲，長辮子。隔天，金花把這件事告訴河邊的洗衣婦們。

「那兩個清朝人好瘦，也好老。」

後壁婆……急——啾——

錄音帶的聲音驟然中斷，母親講古的聲音像被剪刀剪斷。他重新倒帶，然後按下play 鍵。

「冬天若到，後壁婆就拚暝般喊：穿清朝衫褲的人來了喔。趕緊來趕伊走啊。」

前埕全是斬香蕉……

他交疊著雙腿，屈守在書房的榻榻米角落裡，一遍一遍又一遍重複聽母親講古的卡帶，卡帶聲音中斷後的空白，罩在他的頭殼，他只依稀記得後壁婆病死時，村子裡燃放過大年夜的鞭炮；他又依稀記得，小時候，他是個愛聽故事的孩子。

母親過世三年了，他一直把卡帶保存妥當，那是四年前錄的。那時候，他說要錄阿嬤講古給阿孫聽，母親竟然興匆匆對著錄音機開講，囝仔剛滿月，妻抱在懷裡，阿嬤剛開講，阿孫仔就跟著拉屎，只好又重新錄。錄完卡帶，半年後，母親就病了。

「昨天剛拿出來的。是誰洗掉了，我不放過他。」他從臉一直紅到咽喉，青筋暴跳著。

板起麻木的小腿，他挺起身腰。這時候，他看見一隻兔耳朵的襪子，靜靜地躺在攤開的圖畫書上。彩色內頁裡的小女孩，紅撲撲的臉蛋，正對著他笑。

他和她講了一整天的情話，主題都是香水鳳梨。她掛了電話，不能再講下去了，整個房間都聞得到鳳梨味。

黃昏時，她散步去黃昏市場，市場裡人聲鼎沸，真像她已經沸騰的心，一路上她尋找香水鳳梨的形影，在市場兜了一圈，沒找到，只找到幾顆小小的牛奶鳳梨，賣的老阿婆並不保證會甜，她說：

「用煮的比較甜，生吃會酸一點。」

她還是買下來，她已經失去家庭主婦的睿智與冷靜。當要回家時，她挑了一家賣芒果的老阿伯，他的芒果攤前放了一個紙牌，上面寫著：「樹上黃的甜芒果」，多吸引人啊，她買了三顆，又大又圓，粉嫩紅潤的模樣，看起來就很可口，她湊近鼻子聞，果真是香，香中透著甜膩。她心滿意足地回家。

回到家，愈看牛奶鳳梨愈不滿意，她又走出門去超市，一走進超市，她又很快地搜尋鳳梨，沒找到香水牌的，倒是買到來自台東鹿野的自然鳳梨。啊，鹿野，多麼富有想像力的地名，她一口氣買了五顆。她的腦海裡開始像鳳梨一樣發酵，他如果吃到鳳梨，一定感激涕零，他會緊緊地把她擁在懷裡。

她喜孜孜步履輕盈地走回家，卻覺得不過癮，又開車去百貨公司，很幸運買到長得很正點的牛奶鳳梨，就在她正準備回家時，她接到他的電話。

聽到他的聲音，她的心又沸騰起來，她就掰了一個「跳舞的鳳梨」的故事：

卑南族的人種鳳梨，會舉行一場特別的舞祭，祈禱鳳梨長得又香又甜，吃過鳳梨的人都會快樂得想跳舞，因此命名為「跳舞的鳳梨」。

天真的他不疑有他，唉呀，真有這麼美麗的鳳梨故事，於是她適時扮演「魔女宅急便」，親自送去給他，電話中的他喜不自勝，她也覺得好甜蜜。她在廚房裡削鳳梨時，因為趕時間，匆匆拿了一片先嚐，沒感覺酸，因為她心裡都是甜味，她想今天真是美妙，真像完成一篇創作一般，戀愛就像創作。

不到十五分鐘就到了他住處樓下，很快他下樓來，兩人就在車上吃起鳳梨，她順便又講述一遍鳳梨跳舞的故事，覺得自己真是超級浪漫。

「怎麼好像很酸，不甜耶。」他吃了幾塊鳳梨後說。

她看著他一臉酸模樣，只好說別吃了，她帶回去煮。「怎麼會這樣？跟想像中的落差太大。」兩人交換了親吻，嘴裡酸酸甜甜的，真像她的心情。她很快就想回家了，開車上了高架橋才想到芒果，她忘了帶出門。

她沒有告訴他，為了買他愛吃的鳳梨，她跑了三個地方，這個月早已不是鳳梨的當令季節，會酸是正常的。她難過的是她的愛情創作，出乎她的意料。回到家，她躺在床上，靜靜不說話，黑暗中，依稀可以聞到鳳梨的香味，從客廳淡淡飄進閨房裡，陪伴著她又酸又甜的心情。

黃昏公路

公路休息站羊蹄甲樹群，麻雀族迅速飛落。

從K鎮驅車要返回S鎮的年輕夫婦，蹲在羊蹄甲樹下津津有味地吮著甜筒，男人深情注視著他的女人，不時說著話，神情愉快地露出笑容，女人只是頷首並不答腔，堅持某種風格的沉默。

「喂伊——」男人拖曳尾音喊著他老婆，「二十五坪是不是太小了一點？扣掉公共設施，實際坪數也許只有二十坪囉，夠我們住嗎？」

女人仍然保持沉默，咬著她手上甜筒的脆皮，發出清脆聲響，那麼專心吃著，像個孩子似的。

男人似乎一直等待著妻子的答覆，看著她漫不經心的態度，脾氣上來了，臉上露出類似老爸要修理兒子的理所當然表情，眼睛定定看著妻子，似乎會有所動作。然而只那麼一瞬間，他的態度又回復先前的甜膩，是從眼睛開始溶化，然後是肩頭、胳臂、手指頭。麻雀族從頭上飛掠，聚成吱吱喳喳的噪音圈，男人抬頭望望麻雀，又低頭望望妻子，嘆了口氣，站起身踱步。

「妳不講話我就知道妳心裡想什麼，妳嫌小對不對？我當然知道要買大房子，問題是十坪就差一百萬吶，三十五坪當然好住人囉。」男人聲音頓了頓，「我如果是王永沁，我會不知道買一百甲的地給妳蓋城堡住嗎？」

男人沉默了好一會兒，俯身看他妻子。

「其實王永沁有一百甲的地，不會蓋房子給老婆住，他會蓋工廠。」

女人笑了起來。

男人一見老婆的笑容，重又蹲踞，挨靠著他的女人。

「所以囉——我說妳比王永沁的老婆還幸福，至少我有這個心嘛。」

女人哈哈笑得更大聲，扭動臀部去撞男人的身體，似乎剛才氣氛的凝重都在肢體語言裡化解了，那是一對新婚夫婦才可能有的處理模式。啊，新婚真是充滿創造力的契機。

「看，麻雀回家了，」男人指著羊蹄甲樹，告訴女人：「牠們還住公寓吶！」

年輕夫婦站的位置，是個很好的視點，麻雀正像部隊一樣，四、五十隻一排，先在羊蹄甲前方的木棉樹集結，過幾分鐘，「嘩」地一聲，整個排從木棉樹遷至羊蹄甲樹，落在樹幹上；而另一支麻雀部隊在幾分鐘後旋又到達，這樣經過不到半小時，羊蹄甲樹已被牠們占領，幾乎每一枝樹幹上都落滿麻雀，每隻麻雀都吱喳喳叫著，像是交換一天裡的新鮮見聞，真是擁擠和吵雜的場面。

「嘩——像公寓哦，好可怕。」女人叫著。

「為什麼可怕？」

「想想以後我們住的房子，就像這棵樹一樣，天呀，一棵二公尺高的羊蹄甲樹，住了將近五百隻的麻雀吶。」

女人掩住嘴，瞪大眼睛看她的男人。男人握住了女人的手，他又露出快樂甜膩，在妻子面前才有的笑容。

「喂伊——妳看，牠們不是挺快活的嗎？」

女人不答話，瞇起眼睛微笑起來。

有些麻雀並不急著飛往羊蹄甲樹群，牠們仍稀稀落落棲息在木棉樹，木棉樹葉子可不比羊蹄甲樹繁茂，牠們卻一樣快活哪！

「叭叭叭——」急促的高速巴士從木棉樹旁駛過，奔向黃昏公路，喇叭聲驚起木棉樹上的麻雀，像驚魂未定似的，麻雀在空中振翅，停格一秒鐘。

牠們或許知道終究也要飛往羊蹄甲樹，那是比公路車輛繁忙的木棉樹，較為適合麻雀休憩的棲所，就在麻雀族振翅停格的那一秒鐘，夕陽照在牠們身上，像燃燒的一團火，整個天空裡，只有這一處風景充滿生命力，卻令人為之動容。

癩皮狗

她的潔癖是婚後才顯性出來的，像慢性盲腸炎一般，三不五時得鬧她一下，攪得她愈來愈神經質，有時鬧得簡直令人感到可恨了。

婚前第一次到丈夫的家，一走進廚房，她的眉頭就皺了起來，眼睛直盯著瓦斯爐前的白瓷牆面，不知堆積多久的濃黃油漬差點讓她眼冒金星，她轉頭做了個深呼吸，打開廁所的門準備舒解自己，老天爺！她暗自輕嘆，馬桶的陳年屎垢把她嚇壞了，猶豫了一下，她強自憋住了一泡飽滿的熱尿，回到客廳尷尬地看著一臉泰然的他，好像有一點明白他不修邊幅、門面邋遢的原由，想到婚後三代同堂的景況，她不免茫然。

婚後她和婆婆相處得平靜無波，只是她愈來愈愛整潔了，三兩天就清洗流理台、馬桶，看見小姑吃完糖果，紙屑扔在地上，她會默默走開，每天早上她會主動料理小狗的排泄物，好像隨時有一根針在暗暗戳她，她非跳起來打理一下家務不可。

那一陣子，她眼睛長了針眼，心就懶了，沒有她的打理，家裡又回復舊樣，丈夫和婆婆一家人都依然活得快樂自在，只有她每天苦著一張臉，好像家裡的灰塵全貼到她臉上似的。

漸漸地，家裡的人都感覺到她的潔癖。公公只要看到她在客廳，馬上把外孫女弄得凌亂的書報、玩具收拾妥整，婆婆和小姑索性不在她面前吃糖果，為了一團紙屑引起衝突是多麼愚蠢啊！

奇怪的是，她卻著魔似地變成勤快得近乎病態的清潔婦，有時半夜也在清洗沾滿餅乾屑的沙發，丈夫開始注意到她令人不解的行徑，給予關切。她避開丈夫關愛的眼神，眼光飄到狗籠。

「臭死了，這隻狗。」她冷冷地說。

然後，夫妻開始口角，終於大打出手，她每次打輸是意料中的事，她也不哭，但是卻發出令人驚悚的尖叫，說諸如要離婚一走了之這類敏感絕情的話。

婆婆從不上來她和丈夫居住的三樓，只在樓梯口柔聲地勸架，在她高亢的反對意識中顯得十分微弱。

真是令人納悶呀，只是一隻骯髒的馬桶，甚至只是一團紙屑竟要毀掉一對夫妻的愛，到底是不是在開玩笑呢？丈夫堅決不妥協，他沒辦法珍惜一個心眼比針還小的妻子啊！

她和丈夫之間開始一種緊張的角力。

黃昏的散步依然遵循著，只是夫妻彼此冷漠。操場裡運動的人潮不少，遠遠地她注意到那隻小黑狗，那是她熟悉的小朋友，牠就住在操場的乾水溝裡，似乎是被主人遺棄的，小黑狗無視她的存在，不時爬進爬出玩著，很快樂的模樣。今天小黑狗似乎特別高興，蹦蹦跳跳十分淘氣，她看見小黑狗旁邊多了一隻大黑狗，原來是牠的母親啊，難怪小黑狗會玩得瘋掉。

當她走近小黑狗，才真正驚怔住，那隻母狗得了皮膚病，早成了髒兮兮的癩皮狗，小黑狗仍在母狗旁邊跟前跟後，甚至滾到母狗懷裡撒嬌，瞧牠玩得多麼快樂，這隻人人嫌棄的癩皮狗在小狗面前活得多麼有尊嚴啊！

她的心登時溫熱了，有一些溫柔的東西流過她的心田，把她的心浸淹過。

潔癖就像慢直性盲腸炎吧，割掉潰爛的闌尾，腸子可以如釋重負了，她想。

｜原載一九九一年九月《自立晚報》副刊

為了一隻貓

坐在穿鞋的椅子上，一隻毛色髒灰的大白貓。

下雨天，水溝積水漸漸淹沒巷道，牠跑進她家廊下躲雨，是一種不得已的選擇。

看見她，牠警覺性地喵喵哀鳴，聲音遲緩無力，牠餓了吧，她想。這種綿綿的雨日能討食到美味的魚頭嗎？牠喵喵兩聲，算是對她眼眸裡的疑問做答覆（糟透了，沒魚頭吃，連住的地方也沒有啊！），她放棄向前走的念頭，牠太緊張了，也或許是曾經遭受太多次無理由的踢打，牠對她隨時戒備著，她站著不敢移動。牠又昂頭叫了幾聲，喵喵，喵喵，她聽出一種隱隱約約的撒嬌的調子（嘿，好心的女主人，妳不會趕我走吧？外面還在下雨。），真是令人稱絕聲音的智慧，既戒備又試探的意味，就在簡單的嗚叫聲裡表露無遺。

關了門，打開冰箱準備煎魚。

「貓來窮，狗來富」？好像是高中的國文老師說的吧，一隻流浪的動物來到你家裡，就會改變你家的運道？「應該說『貓來富，狗來窮』，以前我們眷村有一戶人家，就是來了一隻貓，後來他們家突然變有錢了。」羅娜說。羅娜是她的高中同學，似乎那時羅娜始終堅持和國文老師不同的看法，因為爭執不讓，才會讓她印象深刻到今日還能不期然地想起，有趣的一則關於貓狗的爭論。

莫蓋伊穿好鞋準備出門，她是借住在家裡的魯凱族朋友，一位單親媽媽。

「小心走啊，走廊有一隻貓。」

「妳要餵牠嗎？不要餵呀，妳餵牠牠就不走，牠會『一直』待在這哩。」莫蓋伊講「一直」有她魯凱族的腔調，很好聽。

大白貓對莫蓋伊喵喵叫了兩聲，又繼續蜷著身子，不理人了。

「嘿，你的魚快煎好了。」她用人類的語言對牠說話，像對一個孩子似的溫柔。

莫蓋伊住在經常有船員出入的會館，那個環境對孩子的成長並不適合，莫蓋伊與孩子需要一個單純的家。雖然她是愛安靜的人，時常需要獨處，但是，她還是邀請莫蓋伊住下來。

「我還是要餵你，因為你餓了。」

魚煎好了，端到白貓面前，似乎餓得太久，牠迅速地把嘴巴湊向飄著香味的魚，然後，只那麼一下的遲疑，牠昂頭跑掉，躲到摩托車底下，喵喵叫著。為什麼不吃？

她關上門，把魚和貓留在走廊。

過了十分鐘的時間，她輕輕打開門，遠遠看著，盤子裡的魚不見了？原來白貓叼到一旁正在享受一頓美食。白貓背對著她，渾然不知牠被窺視了。她心裡有一絲感動，牠不喜歡被當成乞食的角色吧，牠也有流浪的尊嚴。

雨停了，她坐在書房想，毫無疑問的，白貓早已跑掉了吧！她想。

果然，中午出門買午餐時，走廊只剩一堆魚骨頭，魚香飄散了，淡得幾乎要聞不到。

而她寫了關於白貓的故事，如果故事被欣賞而獲刊登，領了稿費，她該買一包可口的貓食，請這隻沒有名字的流浪貓享用，因為這個故事是牠和她一塊兒完成的。只怕她找不到牠了，牠是見過世面的流浪貓，可不把今天的事放在眼裡，牠會嘲笑她一廂情願的看法。

身體的復權

夜晚，她的身體便如一座溼暗的花房，溢出淡香，卻無限孤寂，憂鬱暫時停止。夢裡，滿頭黑髮逐漸脫落，金黃色的細髮在頭皮發芽，自然的、大方的、愉悅的成長，她的身體舒放自如，由表層進入裡層。這是平日裡在辦公室中、丈夫面前、父母親面前，她不曾遭遇過的感覺。她的新髮披散肩膀，而背部的毛細孔重新有了觸覺。

你必須相信這事實，女人是依著青春時鐘而活，到了某種年歲，她便迸放出某種氣質，循著這氣質，她找到生活的基調。

細碎的聲音自陽台發出，一隻粉紅色的小蚯蚓，自瓜葉菊花心跌落，有一點唐突，小綠蚊帶著強烈的嫉妒離開花瓣，陽台殘遺男人白日做工後的汗臭味。夢繼續滑出弧型的曲線，細碎的聲音散置陽台，純白的曇花在陽台自開自落，沒有人的現場，舒暢推到極致。

假設青春時鐘有刻度，那麼每一刻度她都窩藏一個男人，不同臉孔的男人彼此陌生卻相安無事，她對他們都同等重視。三十歲那年，她的青春時鐘走到第六個刻度，她便和刻度裡的男人結婚，雖然第七、第八……的刻度還會出現，但是法律上，她選擇第六個刻度的男人。新婚三個月，男人便從刻度裡走出，雜亂變調的青春時鐘，醫生同時看透了她的憂鬱傾向，迫於現實需要，她戴上鏤刻繁複圖案的面具，並且隨時提防著，從刻度裡出走的男人擊裂她的面具。

似乎在跟男人談戀愛的時候，女人至少還能保持生活的基調，有時遲滯延宕，有時是用謊言換取而來。和男人結婚以後，她的身體便淪陷了，出賣給憂鬱。丈夫說：「屈服於我吧，只有我能治療妳的憂鬱。」她捏捏丈夫壯碩的臂膀，然後想像著，他的快樂精蟲在陰道裡逆游，游向卵巢，吻了憂鬱的卵子。

夢的現場斷裂成兩半，現實與虛幻，她和丈夫各據一方，很快的她推開丈夫，沿著夢的裂痕尋去。

黃金葛的葉子在黑暗中猶有氣息，葉片的一呼一吸隨時都在進行，說不定跳脫白日噪音的干擾，它的呼吸更具音樂性，沒有花的觀葉植物，成長不必仰賴昆蟲或動物或風，葉片就是主體，在散布花花草草的陽台上，黃金葛自成一格。

她的身體在夢裡解放，像黃金葛的葉脈般，她把身體張開，再張開，肌膚的弧線垂成丘陵線，有時全身只剩下手指或腳趾或膝蓋的感覺，這是有感覺的身體了，必須丟掉積存身體內層的渣滓，她也不清楚那會是什麼東西？然後她便像撇開潮溼落葉般，撥向夢的斷痕，首先出現的卻是她的愛，歸咎於疏忽，她的愛因為腐爛得太厲害而面目模糊，這項發現激起她內心一陣狂濤，前所未有……

然後，她感覺自己被掏空了，而另一個感覺，卻緩緩漫過來。

憂愁女人蠶

他和他的女人，在一起生活也有十年了。

他常想要和她結婚，給她穿上白紗禮服，她是個曲線優美的女人，肌膚極其細白，他想像她穿起白紗禮服必定像一隻美麗的蠶。

然而他始終沒有這麼做，想望是很美的事，但付諸實現卻是殘酷的，他得先去傷害兩個女人的心——他的妻子和女兒，每想及此，他冷酷了。

他的女人是安靜的，從不對他抱怨柴米油鹽，也從不提起婚紗的事。這天吃晚飯時，他和她邊吃邊談，他把白天在工地裡的葷笑話搬上飯桌，把她逗得又開心又臉紅，她一直笑、一直笑著，笑了很久很久，她的笑聲清脆如璧玉和玻璃的撞擊，他徒然感覺心裡毛毛的，好像她隨時會從他這個粗漢身邊走開，就在同時，他依稀彷彿看到了她眼眸中，一線偷偷閃現的憂鬱，他並不理解那憂鬱的意思，因此煩躁起來。

他覺得他的女人其實並不屬於他。

隔天早晨，他默默同她一道吃綠豆稀飯，然後去工作，出門時，他在陽光下回頭看了女人一眼，陽光照著她的肌膚如潔白的繭。也從那天起，他沒再回去找他的女人。

他也沒有回到妻子和女兒身邊，心裡也打算一輩子不再見她們，在他心中，似乎有著比倫理道德更龐大的陰影籠罩著他，他沒有能力分解它們。

大概經過了十年，一個清晨，他回到女人那裡，走到了門口，他聽見一陣熟悉的炒菜聲，依稀彷彿他離開的那天早晨。

他悄悄走到廚房，女人點著燈在炒一盤紅蕃茄，他用眼睛默默撫過他曾熟悉的女人胴體，那曲線已經不再令他怦然心動，他沒想到他的女人老得這麼快。然後他聽見一陣歌聲，這時他才注意到矮凳上坐著一個小女孩，年紀大約八、九歲，她仰起頭對女人唱歌，那綁著小馬尾的頭晃呀晃呀……

他心裡好像有一道河流崩決了，水從他的眼眶泌下。陽光出來了，他蹲在屋外的角落，蜷著如一隻脫殼的蝸牛。女人送小女孩去上學，中午回到屋子，發現這隻陽光下乾焦的蝸牛。她遠遠地看著他很久很久，然後沉默地走向他，把他擁在懷裡，用她的身體把他裹得緊而密。

那時他驚覺他女人往昔潔白如蠶的肌膚，在陽光下有著深沉的褐色，憂愁如許，幽鬱如許。

魚想也不想

錦鯉魚對我來說陌生的，就像我對錦鯉魚來說也是陌生的。牠卻吸引了我的目光，在這東部夜晚的靜閒潭邊的休閒旅店，這裡的錦鯉不像是魚，倒像是觀光客，觀察著來往的旅人，一如來觀察牠的旅人，因此形成了有趣的對等關係。

錦鯉魚住在一個有花草圍繞的水池，水池中央有一個怪異的亭子，這亭子擺明了是要體驗「宛在水中央」的滋味，旅人踏進亭中，就驚覺腳需要穿塑膠拖鞋，然後又發現腳下濕濕的，低頭一看，水已淹浸了小腿，喔，原來這亭子的地板比水池矮了一截，池水就巧妙地流進亭中的地面，然後巧妙地淹浸了旅人的腳踝。坐下來吧，清澈的池水洗去旅人的疲憊，從腳開始，再到膝蓋，再到胃，再到心，再到鼻子和眼睛，到了眼睛，坐在亭中的旅人已進入夢鄉，就在靜闃的水畔，天上繁星點點。

嘿，有黏黏的動物在腳邊活動，輕輕叫醒旅人，旅人從椅子上跳起來！眼鏡摔落桌下，旅人彎身撿拾，哇，那是一尾魚，錦鯉魚吧，紅色，像新娘子般的魚，所以剛才夢中是被新娘子般的魚吻了腳，好像是腳的榮幸呢。嘿，旅人笑了起來，然後一尾黑色的錦鯉魚也游來張嘴啄著旅人的腳板，旅人有點生氣地踢牠，真是奇怪，同樣是錦鯉魚，為什麼待遇如此不同？旅人莞爾一笑，沒辦法啊，紅色的錦鯉魚如新娘子般嬌豔美麗，黑色的錦鯉魚感覺卻像張飛，被張飛吻的感覺如何？好像是被偷偷強吻了。

旅人又重新坐下來進入夢鄉，腳也輕輕和魚兒摩挲，旅人與魚，在夜晚的星空下，友誼滋長著。

夜深了，旅人再度從夢中醒來，這回他用中獎的心情低頭看，你猜他看到什麼？

那不只是一尾新娘錦鯉，或一尾張飛錦鯉，是十個籃球隊的新娘錦鯉和張飛錦鯉，還有白錦鯉，此刻都聚首在旅人腳邊，旅人沒有移動腳，因為這群錦鯉魚睡著了，錦鯉魚夢到了旅人了嗎？旅人覺得人魚之間需要擬人的想像，旅人不忍心吵醒魚，想等魚自然醒，一方面也是貪戀著與魚依偎的浪漫，就讓魚在腳邊酣睡。

但是夜深了，錦鯉魚夜未醒，旅人只好忍痛移動腳，旅人一動腳，錦鯉魚群馬上「撲通」一哄而散，動作敏捷，令人嘆為觀止。

白天的錦鯉魚在池中一覽無遺，魚與旅人又回到魚類和人類的殊途，旅人蹲在池邊觀察魚，他撒了一手掌的飼料，魚群馬上游過來，擠啊搶啊都來了，為食物而奔波和爭奪，這一點和人類是一樣的，旅人不禁感到心寒，一直以為魚就像兒歌中說的：

魚兒魚兒水中游，游來游去真快樂。

旅人再度把腳放在水中，張飛錦鯉來吻旅人的腳，就讓你吻吧，你和我一樣都是在認真生活啊。

鏡頭就停在魚吻，對於這個旅人的觀點，魚想也不想就吻了他。

原載二〇〇六年二月六日《中國時報》人間副刊

卷二

短篇小說

二分之一的新娘

週五下午的十二診候診室，窗外的冬雨遊魂般下著，她孤單在等候她的心理醫生。她順手翻看《遠見雜誌》，沒看幾頁就放下，然後走到壁上的畫前，佇立著靜靜欣賞畫裡的外國鄉間，淡而清雅的顏色會安撫她的不耐，是啊，等待總是令人不耐。她踱到三診的候診室，病人很多，她想這大概是一位經驗豐富的老醫生，所以有這麼多的病人等待他的醫治，不像她的醫生是年輕的住院醫師，只有她等待他的心理治療。這個治療進行半年了，每週一次，一次一小時。韋醫師是敬業的，他除了休假兩次外，從不請假，所以這個治療從未中斷過。

這半年她是失業狀態，也是她休養生息的人生階段。去年辦了離婚後，她很少和朋友聯繫，除了家人和知心好友外，她的社交生活是暫時冬眠了，韋醫師是這段時間心靈和她最接近的異性，他高大但並不帥氣、溫和斯文，她喜歡看他笑起來有點靦腆的樣子，他的聲音聽來十分愉悅，或許她從未在異性面前真真實實地坦露過自己的心靈吧，即便是和她相戀、結婚十四年的前夫，也未曾如他這般親近過她的內心世界，他是第一個進入她心靈秘密花園的男孩，她引用他慣用的字眼，「男孩」，他不稱男生為男人，她漸漸融入他的思考模式，而他則走入她的生命歷史，和她一起經歷那些深埋在潛意識中的塵封故事，重新召喚到意識層面，用悲傷的眼淚、荒謬的嘲笑或憤怒的咆哮，而他便是吸收她所有情緒的那泓靜默的湖泊，靜默之中又有如明鏡般的倒影，那倒影裡所映現的就是她四十年簡略的生命歷史。

她最近的穿著變年輕了，有一天她穿著湛藍色的小可愛罩上白襯衫，優雅迷人地來醫院，那天韋醫師微笑又詭異地打量她，就是那天他在治療時問她：

「我覺得妳偶爾會出現從治療裡脫逃的意圖？」

「從治療裡脫逃的意圖？」她有些錯愕，但還是坦率地表達對他的愛慕，喜歡一個人是一件快樂的事吧？但是對方呢？後來她用新女性的平等觀點要求他表態，這次的治療氣氛僵固了，但韋醫師堅持把這個答案懸著。

「為什麼要懸著呢？這樣憋著很難過耶。」

「懸著的理由是說，這個理由如果知道的話會干擾到治療的進行。」說完，他又是那一貫詭異難懂的笑，她心裡很不平，這是哪門子的治療？

就這樣，她的心情開始了一段起伏不定的愛戀過程，當她對他愈來愈信賴，可以敞開心胸完全地坦露自己時，另一方面，她又想對他保留一些神秘感，因為到目前為止她對他毫無所悉，他是否已婚？今年幾歲？韋醫師堅持治療的原則。

「心理治療並不包括了解治療師。」他說。

病人對治療師愈坦露自己對治療愈有幫助，但是治療師對病人沒有坦露自己的義務，這件事令她很困窘，她向來沒有先向異性表露過感情，這是她生平第一次。接下來的治療對他倆而言都是挑戰，愈相處感情愈加深，她就愈想從治療裡脫逃，她在承載感情的壓力，有時在治療進行一半時，她真想奪門而出，因為她禁不住有想擁抱他的衝動。

「人世間有個人，妳還會想去擁抱他，其實是很美好的感覺。」她的摯友里妍這麼說。真是諷刺，她在做心理治療，但她卻又需要對摯友傾訴她與治療師之間的苦楚戀情。

「假若能夠一起喝一杯咖啡，彼此坦率地表達心中的想法，那麼這世界不就減少很多煩惱？感情的事有必要這麼扭曲地來呈現嗎？」

她給里妍的電子信件中如此寫著，也不只一次向韋醫師表達她的期盼，總未得到清朗的答案，她不明瞭何以他這麼處理，對她的病情是有幫助的嗎？她被診斷為輕度躁鬱症，究竟是不是，或只是女性經期症候群，直到今天她仍然困惑。她原是為清除婚姻暴力的陰影而開始心理治療，如今面臨這樣的情境，令她有點始料未及。

治療逐漸進行著，她愈發現她並不愛前夫，只是因為年輕時的封建思想，她和前夫認識不久就有了肌膚之親，是在半強迫情況下，保守的她從此以從一而終的信念來維繫她和前夫的感情，她知道這故事會讓E世代的女性嗤之以鼻，但她確實這樣走過了十四年，直到六年的婚姻暴力把她打醒，她放下台灣的一切，隻身跑到美國，一待就是三年。她的病大約是在認識前夫之後，假若前夫是她生病的原因，那麼離開那個令彼此不愉快的婚姻，她的病應該好起來呀，為什麼她還病著？就是為了尋找這個答案，她來到韋醫師這裡，戴著黑邊眼鏡的他深沉地問她：

「妳為什麼會想做心理治療？有些事情其實妳不知道的，我們也不知道。」

「如果你像我一樣病了十二年，賠上婚姻、青春、工作，你會不想要知道原因嗎？我永遠不放棄我自己，我永遠不向我的病屈服。」

那一次，她幾乎是對韋醫師吼著，吃藥，吃藥就會好嗎？十二年來每一、二個月，她就得經歷一次死生的輪迴，她的情緒會一直落、落、落到世界的盡頭，鬱悶到了無生趣，她只能用昏睡來抵擋那些幻滅感，她失去自由思想，只剩形體，像一堆廢鐵；之後又像飛上天一樣，她富創造力、活力，像一台發電機一般。發電機在成為廢鐵之前，彷彿有一股拉力在崩解它，慢慢的，慢慢的，直到電流停止，一切動力歸於死寂，這個過程大約一週。她嚐過很多自我治療的方式，中醫、爬山、宗教、針灸、靜坐等等，去年離婚之後她才真正看精神科門診，開始服藥，法國生產的帝拔癲[1]穩定了她的情緒，躁與鬱的拉力平均了一些，卻也讓她失去了她本有的某些東西，究竟那是些什麼，她也不是很清楚。那麼醫生清楚嗎？

「還不是很清楚啦，要弄懂它，唯一的辦法就是繼續治療。」

這是韋醫師常會給她的答案，剛開始她像偵探柯南一樣，一點小地方也不放過地尋找成長過程裡的蛛絲馬跡，有時把自己當罪犯一樣，懺悔做錯的事；有時又把自己

註 1
帝拔癲：抗癲癇藥物，亦用於改善精神疾病。

當長不大的小孩，把一切的過錯推給媽媽。那麼假若生病的病症是認識前夫之後出現的，這個病是不是要推給前夫？

「然而他已經離開我的生命了，為什麼我的病還停不下來？」這是她一直以來的困惑。「假若因為過往的暴力而恨前夫，他也已經悔改，那個被恨的人事實上已經不存在了，這個恨還有意義嗎？假若恨也沒有了，為什麼病還不停下來呢？是什麼東西在拉動生病的那根弦？」

「潛意識是沒有時間的，我們認為過去的事，實際上並沒有過去。」醫生說。

在夏天時，她向韋醫師透露也許在冬天或明年初會去一趟澳洲，在那裡待半年，也就是說治療會中斷半年，韋醫師旁敲側擊得知她這次的旅行計畫是一個大脫逃，因為她似乎已經承受不住感情的壓力。這段治療裡的感情就像單行道，如今逐漸走進一條死胡同，她正想從死胡同裡鑽出一條路來。就在這一天治療要結束時，韋醫師和她有一段對話。

「要我承認我是妳的朋友，對妳也有感覺，或是有別的意思，這會是治療裡比較困難的部分。」

「是治療的原則嗎？」

「如果是治療的原則的話，那妳想要的答案妳有了，其實妳對我也不是那麼不喜歡，只是因為治療的原則。」

她引用韋醫師經常使用的句子，反面的意思，來解釋這個答案，然而不等她的理性正常運作，她已經感性地為他寫了兩首情詩，原來他對她也有感覺，只是一心一意想先把她的病治好。她感到一種被珍惜的感動，十幾年來她不曾遇見這樣對她有耐心的醫生，也可以說不曾遇見這樣關心她的男孩，在婚姻裡她尤其不被疼惜過，她前夫在她生病時，會用暴語和暴力對她。

「&#*&*@*&@，妳要睡不要在我家睡，去路邊馬路睡啦。」

「我寧願我娶的是國中畢業賣鹹酥雞的女人，只要身體健康就好，我也不要娶一個大學畢業得憂鬱症的老婆。」

和前夫分開四年後，那些暴烈的言語才從她腦海裡洗掉，沒有小孩使他們的婚姻在結束時比較淡然。在治療裡談她的婚姻，愈談感覺它離她愈遠也愈淡。

「我在想妳想結束治療，是不是在這個治療裡我也在對妳用暴力，治療關係的不平等，都是我知道妳的事，而妳不知道我的事？」韋醫師說。

之後的幾次治療，話題總是圍繞在兩人的感情上，他希望她對他完全說出內心對他的想法，包括浪漫的聯想。關於浪漫的聯想那可多了，所有情人之間會有的甜美的事她都夢想過，一起喝咖啡、樹下牽手散步、爬山、聽音樂會——

她一直期待和他走出治療室一起喝一杯咖啡，但韋醫師依然把她留在治療裡，她不了解他何以這樣堅持？有時候她想停下治療，那麼所要的答案就確定了，但是她生病的原因卻永遠不得而知，那要不要繼續治療？她的心情經常擺盪在要繼續與不繼續之間，這情境也影響到她的病狀，他變成拉動她生病那根弦的細絲了。

今天她穿了件天空藍的套裝，短短的裙子讓她顯得年輕嫵媚，她在候診室走走看看，一回頭看見韋醫師遠遠走來。她的眼睛一亮，她隨著他走進十二診，關鎖上門，在密閉似的空間裡，她感覺和他很近，這讓她有一種情感上的滿足。最近韋醫師一坐下來就在玩手指頭，看起來像一幅紳士安定圖。

「完全的講其實沒有那麼容易——」她覺得今天的起頭有些困難。

還沒等她說完，韋醫師已經顯得不耐煩，他定定看著她說：「要繼續不繼續，要講不講，好像都滿猶豫的？」

他說她很猶豫，她真想罵他，他難道不知道他已經走入她生命歷史的現在式？她決定告訴他她對他所有的浪漫聯想，那是她之前還羞怯於表達的，最近常有和他擁抱親吻的念頭——

「性的部分，我們一直都還沒有談到，妳比較害羞，好像還有尷尬的部分，會不會還是不好意思講？」醫生問。

的確她很難去講情欲方面的事，話在舌尖打滑，她很想把它吞下去。

「如果夠自然也夠安全的話，妳要不要乾脆一次把它都講完？」

韋醫師要她更詳細地訴說，不要刪掉那些細節，他一向給她自然和安全感，在他幫助她處理生命受創的經歷後，她對他的信任感更增強，她就把內心最私密的心事掏給他了。

「就—是—做——」她停了半晌，還是把「愛」字給自動剪掉，用隱喻的方式說：

「只是和你想像中的是有音樂性的，不是像婚姻中那麼醜陋的感覺。」

當這次治療要結束時，韋醫師面色鐵青，顫抖著聲音說：

「我們先不當作這個治療要結束。」然後韋醫師從後門衝出十二診。

她像木頭人一樣走出醫院，沿著小山坡走回家，經過公園時，她看著自己一身的鮮麗衣裳，她疑惑地看著自己：

「這是我嗎？我今天怎會對他說那些話？」是帝拔癲作祟嗎？

她坐在公園的長椅上看著對面學校的教室，又抬頭看看天上的雲，回溯著從治療以來發生的種種事情，感覺這半年的情感都濃縮如一個微小的晶片，卡在喉頭。

「你把這段感情當作是躁鬱症病人的病症嗎？」下一回合的治療裡她質問他。

「妳難過的原因是說我不把感情當感情處理？」

「假如是一段可以期待的感情的話，應該在陽光下讓它正常地成長，所以你不是我的朋友。假如你是我朋友的話，就不應該讓我在醫院裡對你說那些話，你覺得那些話在醫院裡說適切嗎？」

「不適切的地方在哪裡？」他問。她難以再平息內心的氣憤、委屈、羞辱。

「即使是躁鬱症的病人也有他們追求幸福的權利，你知道嗎？」

她看著他柔細的髮，想著前一陣子去美容院洗頭時，央求美容師拔去她藏在黑髮下的白髮，那個染了棕紅色長髮的女孩花了兩個小時幫她拔，洗完頭很體貼地只加收她七十塊錢。

「病人沒有喜歡醫生的資格嗎？因為不同階級？有病的階級對無病的階級？難道這段時間我所以為他對我感情的回應只是他的治療方式，感情需要被治療嗎？」她對里妍在長途電話中說：「其實我只是想和他走出治療室去喝杯咖啡，相對坦率地表達自己的感情，只是一杯星巴克的拿鐵，一杯就好。」

她癱在沙發上，想著她為治療這個病所付出的時間和精力，想著家人對她的容忍和期待；打開電視，螢幕上轉過來轉過去都是咄咄逼人的現實，激情的立法院黨派的衝突、纏繞不清的兩岸議題、正在悄悄爬樓梯的失業率，和三不五時就會像幽靈一樣現身的自殺事件——

她沒辦法再看下去，這些都會再度騷動她憂鬱的細胞，有時她想帝拔癲是把她身體裡那些藍調的細胞哄得睡著了，她不要它們再被驚擾。她常常只選看外國影集，轉到HBO頻道，螢幕上正播出電影《新娘百分百》，飾演國際女影星的茱麗亞羅勃茲一身鄰家女孩打扮，來到休葛蘭飾演的英國男孩的書店裡，對他訴說她的真情，英國男孩自認太平凡，愛不起來自美國的女影星。

「我只是一個女孩，站在一個男孩面前，請求他愛她。」茱麗亞真誠地說。

她真是可以抱著茱麗亞大哭一場，今天她不就是這樣站在一個令她心儀的男孩面前，請他愛她嗎？她心疼那個妝扮年輕美麗走到醫院去對他傾訴真情的女孩，她純真地翻開小王子筆記本，對他唸了兩首為他寫的情詩。

「你年紀大了以後要留鬍子哦，因為老了鬍子變白可以打扮成聖誕老公公，去病房娛樂病人。」她還記得她對他說過的浪漫聯想，童話式的。

「這一切是鏡中花、水中月嗎？」她問自己。她所熟悉的他是治療室裡的他，走出治療室，生活裡的他是什麼樣子？其實她對他一無所悉。

她的目光再回到《新娘百分百》，螢幕卻突然出現另一個新娘，身穿象牙白紗的禮服，戴著一副黑與白分割的面具站在鏡前，接著緩緩摘下面具，啊！那是她，三十一歲的她，在時光的螢幕裡，她臉上沒有一絲新嫁娘的歡喜，然後她坐在姊夫的車裡，開往回家的路上，然而她心裡卻往車外奔逃——

在黑暗的客廳裡，她忍不住嚎啕大哭起來，她哭，那些藍調的細胞也同聲一哭，哭著哭著，她分不清是她先哭細胞回應她，還是細胞先哭她回應？哭到全身力氣已盡，就在沙發上睡著了。然後她恍恍惚惚進入藍色的夢境，夢裡她還穿著新娘禮服坐在姊夫的車裡，妹妹坐在她身旁，車子飛速開著，快要到家了，到家一切就來不及了，她想說一句話，那句話是什麼？她一直都記得的，為什麼現在想不起來呢？不行！一定要想起來，快來不及了！

她的貓耳朵

電話的聲音傳來，我用耳朵去感覺對方的呼吸，像貓用嗅覺去感覺另一隻貓的存在。

「舅媽，小春阿姨是個妖怪。」紜紜假裝會被竊聽似地壓低嗓子，我不太介意小六的孩子發揮她的想像力。

「哦，妳是怎麼發現的？」我也壓低嗓子問。

「我夢到的。」紜紜小聲說。

「什麼時候夢到的？」我小聲問。

「那次舅舅帶她回家看阿嬤的時候，真的，我有夢到小春阿姨是個妖怪。」紜紜很堅定地說。

「紜紜怕不怕？」

「好怕喔，我躺著都不動，等它夢完。」紜紜說。

然後，紜紜就像隻貓咪般在電話中撒起嬌來，我得用隻貓耳朵來仔細聽。聽著聽著，我就想起紜紜三歲時抱著她睡覺、咬她耳朵的往事。

紜紜是我小姑的女兒，我前腳踏進夫家，紜紜後腳就出世了，好像趕著來陪我作伴似的。

那時是烏桕樹葉黃透的季節，我還記得。

我們倆都是需要平衡的天秤座，一個家庭有兩個秤子，大概是不會寂寞的，秤子最喜歡秤子來相伴，像貓用嗅覺去感覺另一隻貓的存在。

「舅媽，我想和妳見面！」紜紜突然大聲說。

我想起紜紜和我已經五年沒見面了，美國四年，加台灣一年。

「舅媽，我很想妳。」紜紜的聲音又像貓咪叫了。

「舅媽，讓我見妳，我忘了妳的長相，但我記得妳的聲音。」紜紜吸吸鼻子。

我也吸吸鼻子，假裝很好笑的樣子，胡亂說了些話。

這一刻終究會來到，貓感覺另一隻貓的存在，牠會去尋牠，咬牠耳朵。

找到一個回南部的假期，我向高中同學借了一輛老爺車，紅色嘉年華，我安排的行程是帶紜紜去成大校園、左鎮菜寮的化石館，再去一間藏傳佛寺。

紜紜坐進我借來的老爺車，我的心跳動得很厲害。

「舅媽，舅媽。」紜紜輕輕喊著。

紜紜身高一六〇公分，像個小大人了，和我印象裡穿露背洋裝的娃娃模樣大大不同，只有明亮的大眼睛沒改變。

把老爺車停在黃槐樹下，我帶著紜紜去爬成大校園的小西門，紜紜毫不費力地爬上土丘，然後她把我拉到城牆上，拉著我的手，她臉上有點羞赧，但是一看到城牆上的老榕樹，她一呼嚕就爬上去，抓著榕樹的鬍鬚。

「舅媽，舅媽，妳看像不像龍貓裡的樹？」紜紜邊爬邊喊著。

「舅媽，舅媽，妳還記得龍貓嗎？以前舅舅租來給我們看的。」紜紜睜著大眼睛看我。

「記得，記得。」我說。

紜紜似乎特別開心，又說：「以前舅舅抱我就像龍貓爸爸抱他的小孩喔。」

紜紜一出生就在外婆家住，和舅舅、舅媽相處的時間比父母親還長，有時候外婆哄不了她吃飯時，舅舅就抱她放在肩膀上，舅媽就編故事給她聽，那段兩個秤子相依偎的日子真快活。

我拉著紜紜坐在湖邊，羊蹄甲樹上滿滿都是麻雀，大約一、二百隻，熱鬧非凡。

「舅媽，妳為什麼要去美國？」紜紜突然小聲問。

我看著樹枝上跳躍的麻雀，拉緊了紜紜的手。

「有一天，我早上醒來發現舅媽不見了，我到處找都找不到，我問舅舅，舅媽去哪裡？舅舅都不說話。」紜紜的聲音輕得幾乎被麻雀們淹沒。

我開著嘉年華老爺車奔馳過新化丘陵，菜寮化石館的長毛象化石讓紜紜興奮不已。

「哇，好巨大的長毛象，舅媽，妳還記得我們去台中看巨大的昆蟲嗎？」紜紜一下子想到什麼，又喊著。

那一次，舅舅和舅媽帶年幼的小女孩，去台中科博館看巨大昆蟲展，一隻隻比孩子還碩大的昆蟲，逗得紜紜又怕又愛，她溜毛毛蟲滑梯來來回回溜了十次，頭髮都濕透了。

紜紜看到平埔族的竹屋，又一骨碌地鑽了進去。

「舅媽，我最喜歡埃及的文化。」紜紜的聲音又像隻懶貓了。

「哦，妳要做尼羅河畔的小妖精？」我笑著說。

「舅媽，以前妳常帶我去看的那隻小鳥，說哈囉的那隻不見了，飛走了。」

「哦，那隻八哥飛走了？」我回頭看紜紜。

「舅媽，弟弟又不認識妳，怎麼可以說妳壞話？每次他說妳壞話，我就打他，結果又被爸爸罵。」紜紜說著，垂下了頭。

「舅媽，妳為什麼要去美國？我問舅舅妳為什麼要去美國，舅舅就會生氣。」紜紜抬頭看我：「我告訴爸爸我想去找妳，爸爸每次說如果我考第一名，他就帶我去美國找妳。」

「可是，我努力考都考不到第一名，去年好不容易讓我考到第一名，妳卻跑回來了！」紜紜說著站起身來，我忽然發現她長大了。

「紜紜，妳會怪舅媽嗎？」我說。

「不會，舅媽，我只是不懂舅舅為什麼和妳講電話就很大聲，好像在吵架。」紜紜說：「妳不在家時，舅舅常常都不說話，他很少笑。」

「舅媽，美國好玩嗎？」

我抬頭看長毛象化石，覺得牠整個重量壓向我的胸口。

左鎮的佛寺牆面上是玉刻的佛教故事，精巧而細緻。

「舅媽，妳住的美國佛寺也有這種東西嗎？」紜紜問。

「沒有，不過那裡有野兔、浣熊和鹿。」我說。

「舅媽，妳喜歡野兔、浣熊和鹿，不喜歡紜紜？」紜紜問。

我笑著摸一摸紜紜的臉。

「舅媽，等我長大也要去美國，去看妳的野兔、浣熊和鹿。」紜紜說。

「那紜紜要好好讀英文喔。」我拍著紜紜的手擊掌。

「舅媽，爸爸買小提琴給我，可是又要賣掉，因為爸爸沒錢讓我補習。」

我想起了以前和丈夫吵架，我乳癌開刀後，他變本加厲。但是那些還不是真正讓我遠走美國的原因，一去四年才回國，恩斷義絕。

紜紜看見佛殿的七尊大佛，也闔起掌來問訊，我心中流過一股暖流。

「舅媽，妳和舅舅為什麼要離婚？我不要你們離婚，我要舅舅，也要舅媽。」紜紜眼眸中有淚光：「小時候妳會陪我睡覺，說故事給我聽，我媽媽不陪我睡，也不說故事給我聽。」

「紜紜，還記得舅媽說的故事嗎？」我輕聲問。

「我不記得，最近我只記得小春阿姨是妖怪的夢。」

「小春阿姨不是妖怪，妳不用怕。」

「可是我真的夢見了！」

每個人都會懼怕一些事，我怕的是什麼呢？那一個風雨交加的夜晚，丈夫勒住我的脖子，幾乎使我喘不過氣來，差一點就窒息，自此以後，只要丈夫走到我身邊，我就不由自主地顫抖，我漸漸感覺緣盡了。

「舅媽，我記得好像看過舅舅打妳？」紜紜突然大聲說，聲音顫抖著。

陪紜紜吃晚飯，在披薩和度小月之間，紜紜選擇度小月。

「紜紜真有禮貌，還幫舅媽省錢。」我笑著捏捏她的臉頰，飽滿結實。

「舅媽，我幫妳倒紅茶，我今天 MC 來，阿嬤說不能吃冰水。」

我詫異地看看眼前的小女孩，她已不是溜毛毛蟲滑梯的那個孩童，她已長成有情有義的少女了。

我去美國的第二年起，丈夫就在台灣尋覓新情人，六年的婚姻中，和我至親的人有誰？似乎就是眼前這個純真的小女孩，至今仍對我保有一份真摯的親情。那些年，牽著她的小手去看草地上的金花蟲、魚池裡的鯉魚，黃昏時放風箏——

她的童年不能再來一次，而我的婚姻也不會重新來過。

吃完度小月，我們兩個秤子又手牽手在校園散步。我拿起相機幫紜紜照了好多相片，像小時候把她打扮得可愛非凡，抱她坐在堆滿鮮花的汽車上拍照一樣。

「紜紜，妳和羊蹄甲照一張。」

「舅媽，這個樹沒什麼好看，我們去和湖合照。」

「紜紜，妳和文學院照一張。」

「紜紜，妳和古炮照一張。」

「紜紜，妳在草地上照一張。」

「舅媽，我們去和榕樹合照。」

紜紜說著跑在我前頭，我回過頭看看那湖水，陡然驚覺自己是在和時間賽跑，但我和紜紜之間的距離卻早已命定了。

回程送紜紜回左營，一路上紜紜話說個不停。

「舅媽，夕陽跟著我們的車子在跑。」

「舅媽，那個檳榔西施穿好少啊，她身體很強壯。」

「舅媽，開慢點！」

「舅媽，妳要不要喝水？」

「舅媽，妳的手好白。」紜紜說著，把我沒握方向盤的那隻手拿起來啄了一下，又一副不好意思的模樣。

「紜紜，累不累？」

「不累，舅媽，我不累。」

「舅媽，妳知不知道我最喜歡聽誰的歌？」

「不知道，紜紜，妳喜歡聽誰的歌？」

「張艾嘉的〈童年〉！」

「池塘邊的榕樹下，知了在聲聲叫著夏天……」我輕輕哼起了〈童年〉。

等我回頭，紜紜已歪著頭睡著了。

老爺車飛奔回到左營，紜紜睡眼惺忪地睜開眼睛。

「紜紜，到阿嬤家囉。」

「怎麼這麼快？」紜紜說。

「紜紜，準備下車了。」我又像張著耳朵的母貓，輕輕哄著那隻小懶貓。

「舅媽，那妳呢？」

「舅媽要回家呀。」

「舅媽，不要回去！不要回去！舅媽陪我睡，給我講故事。」說完，紜紜忽然放聲大哭。

「紜紜，舅媽——」話還沒說完，我也泣不成聲。

舅媽從今以後要長兩隻貓耳朵，在很遠很遠的地方，默默感覺另一隻貓的心事。

頭號冤家

一

「我要和大朵白花子和媳婦親講話，兩位向前來。」頭髮花白的師公說。桌頭示意我和雅云走到師公那兒，他頭上綁的紅布晃動著。雅云眼眶紅紅的，不知是悲從中來還是被廟裡的煙燻的？方才吹法螺時，雅云皺著眉頭，我知道她一定不喜歡這樣的場面，只是礙於自己娘親的威嚴，她就把自己放鬆了，像我一樣欣賞民俗的儀式。

師公說的內容就是，他已經把搗蛋的惡靈收伏好，也把不好的花捻掉，以後就會開出好的花來。

桌頭又吹起法螺，嗚——嗚嗚，嗚——嗚嗚，一面拿著鞭子嚴厲地鞭打著空氣，好像空氣中真有惡靈必須驅趕，他顯威式的鞭笞，法螺聲聽來十分哀悽。

我不喜歡我的婚姻被蒙上這層悲悽的感覺，我和雅云只是鬧意氣，不久就會和好了。

雅云頭低低的，我只看見她的側影，她在想什麼？桌頭在嚴厲鞭打惡靈時，她也沒有跑向我，尋求我的護衛。

民俗儀式完成後，雅云跑去找法師付帳，我和丈母娘在後廳說話。

「你們以後要好好相處，不可以動不動就腳來手來，我一個女兒交給你，你要好好疼惜。」丈母娘叮嚀。

「媽，妳也要勸雅云，不要一直睡，叫都叫不起來。」我說。

「她那個症頭要去看醫生啦，你家已甲意耶，要娶以前就知道她按呢。」丈母娘說。

我只能點頭笑笑，不知道桌頭嚴厲的鞭打能不能打跑雅云的憂鬱業障？

二

有一天晚上，我半夜醒來想去洗手間，才翻了一個身，我看見雅云跪在另一邊的床前，很虔誠的模樣，像在禱告。

「不是學佛的嗎？什麼時候改信耶穌了？」我心想。

但我不會問她的，我們的冷戰持續一個月了。你說我會難過嗎？

Well，不會難過的人是外星人，但我不是，我是地球人。今天有朋友 mail 一篇文章給我，〈從演化的觀點看男女溝通的特質〉，內容正好是我和雅云的膠著狀況，我把摘錄寫在印著 Kitty 貓的便紙條上，遺留在梳妝檯上，看在可愛的卡通人物份上，她會讀這段有趣的內容：

為什麼女人喜歡說話？和演化有關，在遠古時代，她們住在洞穴中生兒育女，因此她們大部分時間用在和他人接觸和聊天；而為了維持一個家族或整個族群和平，女人也比較擅長協調與溝通。根據X光片顯示，女人的大腦中負責處理語言的區位大概是男人的六倍。因此不要問女人為什麼多話，她們天性如此。而男人負責狩獵養家，在狩獵時除非萬不得已，不然男人是不會交談的，一說話就會嚇走獵物，男人只有在需要的時候說話。……造成男女差異的原因並非我們能控制的，而是演化的產物。

男女溝通的問題，好像起自遠古時代，是兩性的魔咒嗎？還有一些民間流傳的「業障」理論，這是雅云學佛以後說的：

「過去世我曾經囚禁過你，所以這一世你會用暴力對我。」

「是妳先憂鬱，我才用暴力的。」我不知道自己為何這樣，我不是打她，而是打「它」，像桌頭鞭打空氣中的惡靈。

隔天，我在梳妝檯上發現 Kitty 貓的便紙條，她畫了一隻始祖鳥。

這是什麼隱喻？我知道，那是以前我教她的，鳥類是由小型爬蟲類演化而來。

「她還是覺得我是畜牲？」我猜想。

一個月前她這樣罵我，所以我們冷戰了，她可以罵我胖子，我的確有點胖，或是罵芭樂，但罵畜牲就涉及人格侮辱了，孰可忍孰不可忍。

三

今天有一個社交活動，吳哥約好要去看平埔族的舊址，我知道還有徐老、桑副總、蔡記者也要去，我前天就留了話在 Kitty 貓的便紙條上，雅云應該看到了。

但是一早她躲在後花園除草，我對空氣說：

「喂，快點，我們的聚會來不及了，今天徐老會去，不要讓老人家等。」

雅云從盛開的九重葛花叢探出頭來，她聽到了，但還是慢吞吞整理她的花草，我忽然懂了，她不想去參加。

「喂，快點，聚會來不及了！」

我想我的音量很大了，連脆弱的貓都會嚇破膽，雅云還是沒動靜。

「黃雅云，快一點！」

我像快爆炸的球，臉發熱，心狂跳，她如果是水，我就是火，一把火讓她沸騰。

然後，我重重踢她，再抓起來摔在地上，又用力去撞牆，為了讓她屈服，我必須更強悍才行。

一朵花凋謝的時間後，雅云坐在書桌旁，她一直在啜泣，她站起身來，似乎很勉強。她換上藍色的褲裝，清秀亮麗，我知道她是我最好的社交伴侶，大家都喜歡她，我們是公認速配的一對。

在社交場合，雅云的表現很稱職，我偶爾轉頭看她，她在皺眉頭。回到家裡，雅云躲進浴室洗澡，看也不看我一眼。我去後花園把曇花搬進書桌，今晚剛盛開的，嬌羞可人。

洗過澡，雅云穿著短褲出來，她走路仍跛跛的，右大腿有一大塊黑青，那是——那是早上我踢的嗎？

「雅云，妳看，曇花開了，我搬進來讓妳欣賞。」

我打破沉默，撥雲見日，雅云並沒有開口說話，只有曇花靜靜怒放，而我愣在曇花旁的小板凳。

然後的模式，又是憂鬱症做主角了，她一直在睡覺，從早晨睡到黃昏，又從黃昏睡到早晨，她又進入她的藍色世界了，那是一個我無法進入的世界。

到底是怎樣的世界？雅云曾經這樣形容它：

所有一切都是灰色調的，就像好好一塊白布，染上了灰色，灰布覆蓋了一切，沒有喜怒哀樂。我活著，但我感受不到別人的喜怒哀樂，我只是披著灰布，孤單地在舞台上跳著凌亂的舞步。

我一定要喚醒她，我不能讓我妻子沉淪在那個憂鬱的幽谷，我一定要喚醒她。

「雅云，起來，起來，不要再睡了。」

我搖著雅云，雅云茫然地看我一眼，又側過身去睡。她要掉下去了，那是無底的深淵，我一定要喚醒她，我一定要喚醒她，喚醒她，喚醒她。

「雅云，起來，起來，不要再睡了。」

雅云仍然沉睡，我好害怕，那個桌頭的鞭子沒有打跑憂鬱的業障，或者是，「它」又偷溜回來了？我要打跑「它」。

「我打跑『它』，我打跑『它』。」我又自言自語。

我費好大的力氣打「它」，但是我卻看到雅云呼吸困難，然後我看到我掐著雅云的脖子，雅云掙扎了一會兒，就不掙扎了，我頓時鬆開手。

我看見雅云還有氣息，我抱著她，老天，我在做什麼？誰來救救我們？

雅云醒了，她慢慢走到書桌旁，腳仍是一跛一跛的，彎下腰坐在小板凳上，我叫她的名字，她回頭看我，眼神充滿驚恐，身體還不由自主地顫慄著。

我叫她，她都沒有回應，只是在小板凳上發抖。

四

雅云藉口說要去美國朝聖，竟然滯留不歸，住在禪寺裡。

公司的同事已經在耳語我對雅云暴力，我的組員偏偏都是雅云的朋友，雅云不是說她不會說出去的嗎？她們開始在工作上刁難我，我不會被打敗的，應該說我不會被「它」打敗。

我用了很多方法想逼雅云回台灣，首先，假死，我假用妹妹的名字寫信傳真去美國說我自殺了，雅云果然很緊張，打越洋電話回來，要巧不巧，那天我去開會，結果我聽不到妻子真情的焦急聲。

雅云託人賣掉她的愛車，小金龜車，我心裡有譜，她不會回台灣了。

再來，法律，我寫信給她居住的道場，用很嚴肅的口吻說，我要告他們限制雅云的行動自由。這一招果然奏效，禪寺請雅云走路，可是雅云還是沒有意願回來，我又寫信去向禪寺道歉。

我們半個月就通一次國際電話，電話費一個月上萬元，常常今天在電話中吵架，明天又和好。算算日子，雅云已經出國一年了。

我變得自言自語了，每天下班和不同的女人約會。我媽說我夜晚就大吼大叫，有半年的時間，我不太記得。我常回我和雅云的大學校園，我怕忘了雅云的臉孔。睡覺的時候，我叫小胖小胖，我的記憶力不好，我怕有一天我會忘了雅云幫我取的小名，還有大肚，那是大學時她叫我的小名，大肚，世界上只有她可以這樣叫我，要騎摩托車飛馳過街，豪邁地喊。

我的胸口好像有個傷口，經常在半夜驚醒，我媽說我又在吼叫，我不記得。我開始畫畫，畫一些我不知道的東西，是在描述「它」嗎？不知道，我試圖和「它」相處。

然後，傷口變成硬塊，我又和女人約會，亂序的日子。

那些是女人，但不是雅云，但我也清楚和雅云的緣分已盡，不是現在才盡，是從她出國那一刻起，我們的夫妻緣分就註定要盡了。

但我一定還要去愛人，我一定不會再——，我一定要證明我能和女人相處。「我不會被『它』打敗。」我在自言自語嗎？

再見到雅云，我無法言喻。

她出國三年了，還是和以前一樣清瘦，我們簽了離婚證書，去戶政那裡辦完手續，我們和兩個證人朋友還去喝咖啡，朋友說我們是和平地落幕了。

雅云辦完離婚，又匆匆回美國，我媽怪她，如果要走修行的路，又何必結婚？我不清楚雅云是真的要走修行的路嗎？認識她時，她一直都是沒有目標的女孩，從小被媽媽壓抑慣了，保守得很，她出國追求自己的一片天，我曾經恨她，但回過頭來又佩服她的勇敢，三年在禪寺中過著清修的日子，我是辦不到的。

「我一定要證明我能和女人相處。」我又自言自語了。

五

一年後，雅云又回台灣，這次她不走了，我們相約再見面。

我們約在後火車站，一起坐火車去中部處理房子的事，房子是我們新婚時買的，買在我們相戀的城市。很奇怪，婚姻結束了，那幢房子在九二一地震時也震倒了，真像張愛玲的小說〈傾城之戀〉，一段愛情驚天動地得足以震垮一個城市。

去銀行辦完手續，我和雅云去喝茶，我又幫她點了花生吐司，在我們曾經熟悉的城市。這個城市曾經有我們無緣的小生命，只要一回到這裡，我就會想起雅云在醫院的情景。

簽下家屬同意書，把清瘦的雅云送進手術房，我作夢也沒想到，這次的手術，一刀重挫我們兩人的一生。

那時雅云剛大學畢業，我才大三，我是喜歡小孩的，但這寶寶來得不是時候，我真的沒膽識承擔，我承認自己懦弱和自私。沒想到手術做不好，雅云墮胎後身體開始變差，然後她就憂鬱了，她變得話很少，時常茫然，總是不快樂，經常哭泣。

剛從手術室出來後，麻醉藥讓雅云睡得很沉，我叫她叫不醒，我很焦慮，頻頻去叫護士。

「雅雅，雅雅。」我輕輕喚著她的名。

雅云睜開她的大眼睛，那一刻我好後悔沒有生下寶寶，寶寶如果有她的大眼睛就夠美的了，雅云卻在說夢話。

「大肚，我作夢夢到一個小男孩，他長得好可愛，眼睛大大的，笑起來有像你一樣的酒渦，他說他叫小星星，他帶我去一個花園，好美的花園，黃色的雛菊，我戴著一頂花編草帽。啊，我好像在飛喔，身體好輕。」雅云喃喃說著話。

病房裡還有兩個女人，一個中年婦人，一個十七歲的少女，還有她們的家屬，他們都在看雅云。

「雅雅，乖乖，妳休息不要講話，講話會痛。」我哄著雅云。

「我好痛啊，大肚，你錢去繳了嗎？」雅云問著，我又後悔把她拉回現實。人生的憾事，我們還會遇見很多，人生啊人生。

雅云在沉思，她是否也想著和我一樣的往事？而我可恨的是不能再抱著她回想這些往事了。

「雅云，我有女朋友了，上個月確定的。」我正視著「前妻」，人生有時是被無形的緣分拖著走。

雅云低下頭，我仍想著那年手術後說夢話、楚楚可憐的雅云。

「小胖，人生本來就是向前走的，祝福你們。」雅云說。

「有妳這句話就夠了，我們的回憶真的很——精彩。」

我拭淚，你以為男兒就不流淚嗎？我握雅云的手，很久都不放手，我知道這一放手，我們就是天和地了，海角天涯，少了一個名分，要見面，難難難。

六

雅云離開我的生命，另一個女人小春卻進入我的生活。

「妳怎麼取這種檳榔西施的名字？」我逗小春笑。

「呵呵呵，那你取的是啤酒的名字，松加，呵呵呵。」

這就是小春，一個做美髮的女孩，她的學歷、氣質和雅云都無法比，但她是經濟獨立的女性，很會做生意，絕對不會得憂鬱症，最重要的是我專心畫畫的這些日子，經濟上都是她在支援。我的第一個畫展也是仰賴她才得以開展，她的性情溫順，最重要的是她父親過世時留給她一筆遺產，我不知道究竟是她的好性情讓我安定下來，還是她的財富讓我安定下來？那已經分不清了。

但是就在我們交往二年後，我媽催我們結婚，她堅拒的態度，我們大吵一架，小春提出要分手，那時我在小春身上看到雅云昔日的表情，愛情色彩褪去的荒涼。

「小春，不要提分手的字眼，這種話說多了會成真。」

我跪下來求她，我知道小春心腸很軟，用跪的才有用。

「我一定要證明我能和女人相處。」我又自言自語了嗎？

「你在說什麼？」小春大聲問。

我跪了一個晚上，才挽回小春的心。我再抱著小春時，她捲曲的髮撫著我的面頰，她燙著我所喜歡的髮型，她是單純的女孩，用愛情就能滿足她，而我也很容易滿足，只要能讓我安心畫畫。我與小春，我們是生命的協力者。

然而這並不是唯一的一次爭吵，但我已經改變了，絕對可以和我的女人和平溝通，打破遠古以來的兩性魔咒。而我卻掉入雅云的憂鬱深谷，我告訴自己，不能像雅云一樣昏睡，我感覺頭部沉重，千斤重量壓迫著，我的世界開始變暗了，明明是白天但感覺卻天黑了。從此，我和生病結了緣，跑遍台灣去求醫。

「它」又回來了嗎？我以為送走雅云，也就送走了「它」，為什麼「它」卻跟著我？

「不行，我不能被打敗。」我大吼著。

我衝出家門，一跑出家門，世界又漸漸變亮，我沿著街道走，在公共電話亭打電話給雅云，我不敢站在騎樓下，讓自己的身體浸在陽光裡。

「雅云，妳最近身體好嗎？」

雅云聽來還不錯，她去看身心科正常服藥，還做心理諮商，她說要走出家暴的陰影，一聽到這個名詞，我的脾氣又爆發了——

「難道只有妳生病，別人就沒病嗎？」我吼著。

電話中吼完雅云，我又後悔了，她說的是事實，卻是我的痛處，我也不知道為什麼我總是用激烈的方式對妻子講話，遠古以來的魔咒？

我跑回家，把小春抱緊，這感覺好溫馨好熟悉，就像——就像以前抱著雅云？

「小春，妳是菩薩送來的，我發誓一定要好好對妳。」

「你媽打電話來罵我。」小春冷冷地說。

一整晚，小春又在談分手的事，我感覺胸口又要裂開了，沒辦法呼吸。然後，我喘不過氣來。

「松加，你怎麼了？臉色都變了。」小春問。

我說不出話來，小春送我去急診。

我又想起那年在醫院裡的雅云，說著夢話，楚楚可憐的雅云，我轉頭看隔壁病床，赫然是那個十七歲少女，我昏了過去。

七

醒來時，臨床少女看我一眼，喔，只是長得相似，一位氣喘發作的少女。

急診出院後，我回老家，遍地都是和雅云的記憶，雅云半人高的攝影照片就豎立在樓梯口，靜靜看我，那是她大學畢業那年，我為她拍的。

我感覺胸口像有一個巨大的硬塊，我想吼出來，把「它」趕走。

我還是忍不住打電話給雅云：「求求妳，妳不要再恨我了，我要戰勝魔咒。」

「你怎麼了，怎麼這樣說？」雅云問。

「都是因為妳還恨我，我才會一直生病。」我吼著。

「小胖，從你當兵到現在，我做功課就會迴向給你，唸地藏經、普門品，恨？我早就不恨了，對人我只有祝福。」雅云平靜地說：「過去已經不存在了，我何必恨過去的你？憂鬱不是魔咒，是醫學，你要面對的是你自己的躁鬱。」

聽到她不恨我，我嚎啕大哭，等我平靜下來，我問她：

「雅云，有件事我一直不明白，以前妳半夜會跪在我床前，那是在做什麼？」

電話靜默良久，雅云才說：

「那是一位師姐教的，有一個女人結婚前丈夫對她很好，一結婚丈夫就打她，一位老法師教她，晚上在丈夫睡覺後，跪在床前懺悔前世仇怨，說這樣夫妻兩人就不會吵架了。」

「所以妳曾經試圖挽回我們的婚姻？」

我感覺心漸漸亮了，我不是被妻子遺棄。

「是的，我曾經努力過。」雅云說。

「這樣就夠了，聽到妳說這句話，這一生就值得了，謝謝妳。唉，我好累，我要睡了。」

我平靜掛掉電話，然後就躺在雅云的照片旁睡了。

朦朧中，我走進了雅云的黃雛菊夢裡，臉上有酒渦的小男孩笑著向我招手，雅云戴著那頂花編草帽，一直微笑著。

「小星星，爸爸對不起你，你去天堂住，要乖喔，做個好天使。」

「爸爸，你要保重，你要跟媽媽說對不起喔。」

「會的，我會的，你真孝順。」

「媽媽，對不起，對不起。」

雅云一直揮著手，她抱起小星星走向天邊，清瘦的身影消失在花海裡，黃雛菊在風中飛舞著。

絲瓜掉到陽台下

「妳不怕鄰居說話嗎？絲瓜藤都竄到隔壁去了。」丈夫說著，質問的口吻。

住在南台灣的貨櫃港區，生活裡多了貨櫃和魚味，卻少了綠樹，喜歡大自然的她，在頂樓的陽台上以水耕法種植絲瓜，用丈夫撿來一只裝魚貨的大塑膠盆盛滿水，為枯乾的陽台製造綠意。因為養料充足，絲瓜長得快，瓜架上結了十幾條翠綠的絲瓜，有的竟有臂膀般粗，她也不採收，讓它曬乾變成絲瓜標本。

正當她沉湎在絲瓜童話情境中，丈夫對她的屋頂菜園頗有微詞，她這才想起自己新婚的身分。

「是啊，不同於往日了，我是柯太太了。」她暗想。

她逕自拿著修枝剪爬上頂樓，獨自幹活，她這會兒倒像農婦了。頂樓可以鳥瞰港區，甚至可以看到繁華市區，可以看到冷凍工廠，可以看到幼兒學校，可以看到興建中的社區公園，也可以鳥瞰她剛發芽的婚姻。

「是絲瓜的問題嗎？」她暗想。

不是，不能怪絲瓜。她和丈夫的溝通模式從婚前就不好，在訂完婚後，他開始用暴力來截斷兩人的心靈橋樑，很多朋友勸諫她把婚期延後，她嘗試過，沒有成功，她夢想著他婚後會在她的柔情下改變，絲瓜的出現漸漸粉碎了她的夢想。

「你們前世是仇家，所以在一起就會冤家，但……再忍耐七年，你們會改變，感情會變得很好很好，很少夫妻感情像你們這麼好。」通靈的仙姑握著她的手說。

她茫然看著前方，好像看到翠綠絲瓜般又燃起希望。

「既然是妳前輩子欠我的，就不要怪我打妳。」丈夫說著，輕蔑的口吻。

她愕然看他，很後悔告訴他去算命的事。

套一句歌德的文學語言：

「愛情墮落了，不過是墮落到靈肉分離的程度罷了。」

她和他的身體愈來愈近，心靈卻愈來愈遠。

這麼說吧，他現在的愛太甜，猶如焦糖熱咖啡，在奶泡上又淋上辣椒粉，怖麻怖辣。但是他隨時在變，例如他去上了寫作課回來後，一下子又變成黑咖啡，對她很苦澀，講話是刮鍋底似地殘酷。

她決定一探究竟，就跟著去上課，一整堂課她都心頭亂顫，她知道這不是她對他現有的感覺，這是八年前初識他的悸動。

換算成感情，這是有初識他的女人在對他放電，她試圖尋找電力的來源，先過濾掉老女人和男人，終於在第一排右四的位置，找到粉紅色T恤的捲髮女孩，隆起的胸脯正是電力源，但很快她便解析出來，是他先放電，捲髮A女小鹿亂顫的生理反應只是異性相吸的回應。

她挺清秀的，真是夠了。這就是問題所在——「隱性背叛」。這種生理的顫動，經過時間的燒烤，就會像焗烤一樣在表面形成金黃奶油皮，有點膩。這就是男人的愛情模式嗎？從生理顫動到心靈顫音？

她沒有等他下課就獨自走了，趁早準備獨身吧。她不是還沒應戰就繳械，而是那捲髮Ａ女年輕她起碼十多歲，或許也不是年齡的問題，她只是了然於心，他已經展開出軌的旅程，今天這一小步，是他日後大背叛的起點。他為什麼要踩出這一小步？她覺得很恨，但她不打算掙扎。

就像她在公園的台灣欒樹下，看見的那隻珠頸斑鳩的醜小雛，她以為牠是棄雛，想趨近幫助牠，但其實不然，母鳥守護在樹冠上頭。

她恨捲髮Ａ女，這些自以為婚姻救世主的年輕女郎，放任自己的女性荷爾蒙過度分泌，到處勾搭男人。而她的他，小她四年又五月零七天，正是婚姻中的醜小雛。哪裡經得起撩撥？而這種非肉體的前戲比床戲更能令男人迷倒，她知道她家那隻醜小雛是難逃迷網的。

但是她這麼快就棄網，不是太懦弱嗎？她其實尚未棄網，還為婚姻奮鬥，只是經不起外來種的花侵入她的原生花園領域。

他下課回家，帶著男性對婚外女性的心靈微微顫音，他渾然不知她已了然於心，她感到這一切都荒謬無比。

她坐在絲瓜棚下，也不管絲瓜凝露沾濕她雪紡紗的洋裝。從今以後她穿戴如何美麗，也吸引不了那隻醜小雛的目光，可恨的，他微胖的壯碩體格，卻是婚姻中的醜小雛，還在學飛，他總是以此做為犯錯的藉口。

可悲的，他的笨雛慢飛似乎也是她寵出來，她習慣一切事情都為他設想，沒為自己留餘地。而這苦果來得如此迅捷，在新婚第三年，相識第八年。太快了吧？她在熱夏七月止不住打冷顫。事實很早便有警訊，在籌備婚禮的前二個月，他和工作上初識的一位泰雅族美女去看電影歸來，他用力關上房門，用暴烈的聲音逼她住嘴，她便嗅出異樣，甚至夢見自己穿著白紗禮服當「落跑新娘」，但她還是心軟了，一開始沒有看清他的原貌趕快逃開，往後她要為自己關鍵時刻的軟弱付出龐大的代價。

她沒有警覺到的是——那時她已飛到樹冠上扮演母鳥，而他是樹下的醜小雛。

絲瓜倒是無怨無悔地生長著，藤蔓竄長到隔壁，她就把它扭回來，後來，瓜藤就變得盤根錯結，即使這樣，瓜藤仍繼續結瓜，大大小小，她不打算採收，留著這瓜藤的生意盎然吧，至少讓她還能走上頂樓來休憩，有一個小小世界可以遮陽。

那一次，丈夫和她又發生爭執，她不同於往常，不再軟弱。丈夫又吼又叫又跳，她在他拳頭出手前離開房子，一個人走到冷凍工廠，呆呆地看工人搬魚貨。從冷凍倉庫出來的男人整個人都是冰霜，看不清臉孔，在大太陽底下顯得突兀，她忽然很想哭，這不就是她心情的寫照嗎？南台灣的豔陽天，她的心卻是一片冰霜。

她想著丈夫和她還沒結婚前，她一邊工作一邊等他當兵回來，那兩年他們之間最大的感情維繫竟然是肉體，那時為何還未覺醒呢？尤其他要求她和他嚐嚐同志用的姿勢那次，下部一陣刺痛，她趴在床邊哭泣，那一次她曾下定決心要離開他……

「哦，我以為妳會喜歡。」他詫異地說。

他向來都是自以為是，替她決定要不要生孩子；替她決定辭去原來工作，屈居他新工作的助理。

離開一段婚姻不是那麼不堪的事，只是當她試圖要尋找在其中曾被他疼惜的片段時，她遍尋不著，她難過的是自己這段感情的模糊。

她不可遏止地全身顫抖，眼淚流個不停，她的抽搐聲被來往的車聲吞沒。

「小姐，妳有什麼事嗎？妳要買魚要到碼頭去。」搬魚貨的工人遠遠叫她。

她愣愣看著漁工，渾然不覺自己蹲在冷凍工廠前的水溝旁，呆呆看了一下午。

然後她走在街上，一邊走路一邊嚎啕大哭，一條街哭過又一條街，眼淚流著似乎停不下來。

天色晚了，她才回家，一進門沒看到丈夫，她緊繃的神經似乎鬆了些。在屋子裡踱來踱去，確定丈夫不在家，這才踱步上頂樓，她想著該為瓜藤修枝葉了。

打開燈，頂樓上瓜架傾倒，絲瓜掉了一地，像剛經歷一場戰爭，有的被扭斷身子，有的掉落地面被踩爛，枯葉滿地，絲瓜被蹂躪，有的是被狠狠丟到陽台下的地面，她呆坐在瓜棚下，彷彿聽得到絲瓜們的飲泣聲。

「一定是隔壁的鄰居幹的好事！」她一邊流淚一邊說著：「不是他做的，一定不是他。」

「老天，如果是他，我該怎麼辦？該怎麼辦才好？」她喃喃自語。

難道當她決定離開時，她和他的緣分在那一刻就已經斷線了？風冷冷地吹過絲瓜棚下，像絲瓜還在哭泣著。

許多年後，她在南台灣的手工藝品小店與他們重逢，那已是正式和他協議離婚的三年後。

捲髮Ａ女把創意布包掛滿牆上，她拿起一個創意布包把玩，米色布面的車縫並不精緻，上面有「前夫」的壓克力畫作，黑色的人頭上長滿纏繞扭曲的蛇。

與「前夫」還有第三者重逢，是所有離開的女人回來第一重要的會面。

她穿著涼鞋在小店裡優雅地走著，窈窕修長的身影，吸引住他的目光。

捲髮Ａ女熱心地拿著一件土狗黃色的中式棉衫要她試穿，向她搭生意，她說：「妳這麼有氣質，穿起來一定很美。」

他靦腆地站在小店櫃台邊看著她倆，他看起來慵懶自在，她知道他又找到一隻肥壯的母鳥了，在捲髮Ａ女購買的房子裡受到保護，他盡情揮灑創作烈焰。

涼鞋「綳」一聲掉了，她彎下腰來想把涼鞋的釦子扣好。

「好美的鞋，哪裡買的？」捲髮Ａ女笑著說。

「我自己設計的！」她真的是從西班牙穿回來的，在藝術學院期末鞋展後。

她特意看著捲髮Ａ女的蘿蔔腿，優雅地對她微笑。不經意的，她涼鞋的釦子又掉了。

「讓我來吧！」然後他從櫃台走到她面前，跪著幫她扣鞋釦。她低頭看他，而他卻從地面仰角看她。

那年，當她心痛地看著被丟到陽台下的絲瓜時，她站在陽台上看地面的他，他也是從地面仰角看她，三層樓的地面。

她這時才驚覺，一直以來她站的角度都是台灣欒樹上母鳥的位置。現在她重新來看這隻蜷縮在樹下的醜小雛，他似乎是快樂的，他拒絕去過朝九晚五的上班族生涯，從作家的角色轉行成了畫家。也許是繪畫讓他變得輕鬆自在，也許是捲髮A女的財力讓他焦慮的靈魂得到安息，據說他的暴力行為沒有再出現……

「她離開他以後，他的創作作品的質與量都比以前好。」舊友轉傳給她不相干的人的耳語，卻讓她心痛，比較往往是最大的傷害。

的確，這幾年他出版了很多書籍，然而只有她知道百分之八十是和她一起生活時的創作，當他專心創作時，她就是在背後肩負一切家事家務的女人。

「妳輸給我了，妳的文筆比我好，但是妳就是不寫，我的散文被編入中學教材了，小說也被美國的大學翻譯成英文。」

這幾年偶爾他和她通電話時，他得意洋洋地說著。她並不在意這些文學桂冠，有時她甚至為他感到悲哀，他為人所稱道的尊重自然、尊重生命的自然書寫，是伴隨著讓她幾近崩潰的家暴歷程，在這同時她沒有張揚他的卑劣行徑，是不忍的一念悲心。

他這句話踐踏了她，也踐踏了她和他一段愛情婚姻，更踐踏他自己。

「我倒覺得是年紀的關係，妳比他年長，註定要比他辛苦。」她的朋友曾經這樣評論。

她今天來是要求他面對現實問題，他們那幢新婚時買在中部的度假公寓，在九二一地震時倒掉，未繳完的房貸如今要催繳了，他是保證人。

「我不想繳，我選擇一輩子不用信用卡、不跟銀行借錢、沒有資產、沒有固定收入，妳要和我一樣，和資本主義對抗……」他說話的同時，捲髮A女在一旁附和著。

她猜這些避債的方法是捲髮A女教他的，但是房貸用的可是她的名字，他竟說這樣的高調，今天她來要他分擔他們婚姻的負債不是顯得很愚蠢嗎？他還是那隻拒絕長大、窩在樹下的醜小雛啊！

她不知道生命的債是否也有避債法？她不再恨捲髮A女，捲髮A女或B女不都是一樣嗎？她沒有再看他一眼就走了，她打算擔起這個負債，人世間能夠用金錢解決的都是容易的事。

「也許根本的問題是，我一直都在壓抑自己順服他，沒有讓他明白自己想要什麼？」

她看似從前那隻台灣欒樹上的珠頸斑鳩母鳥，但她的女性靈魂卻從此解脫了。

原載二〇〇七年十一月二十五日《更生日報》四方文學版

月亮女孩

我騎著單車去把電動的美髮招牌扛回來，一路上巨大的招牌壓著單車前籃，我不時吹著氣，讓汗珠從微胖的頰上滑落。

她已經站在店門口了，手捧著一束杜鵑百合，看見她，她笑著對我招手，神態吸引人，年過四十卻仍然氣質清純的女子。

這幾天，我怕看到她，她幾乎一見面就要談紫微斗數，像掉進紫微迷宮裡的年輕美眉，現在的時尚女孩都流行算紫微，把算命當作算減胖的卡路里。偏偏她研究紫微不是為了時尚，而是為了研究她的過去史。

還好我有一雙勇健的手臂，那是常年洗頭洗出來的，每天得半懸空拎客人的頭殼連頭毛，在水槽沖水，每當遇見心情低落的婦女，我就想像自己是個女巨人，把她們從迷宮裡拎出來。

店裡沒有預約客人，我可以把時間給她，給她一段相談的時間，公園巷子口有一家「相談館」，以前我不知道那是什麼店？她說那是心理診所的「代換名稱」。我是用直覺去推想，相談館就是相命聊天的「文術館」。

「呵呵呵，我還以為那是女巫在算命的咧。」

我一笑臉就更圓了，但還是照樣笑，我喜歡在女性朋友面前小三八一下，如果她也能小三八一下，她就不會憂鬱了，但是雅云抗議我不了解憂鬱症，她說既然是病，就代表無法言喻的狀態。

她的臉還是打不開，容顏深深深幾許？

「妳看，四十五歲以後是走身宮的運，身宮在財帛宮，是個空宮，借對宮的星曜天同、巨門、火星、地空，為什麼我苦了前半生，後半輩子還是這麼背？以前是沒有錢，婚姻不好，現在連事業也沒了。」雅云一坐下來，就開始抱怨。

「妳不要再算紫微斗數了，給我，拿來！」

「這什麼太陰廟啊，陷啊，我看也看不懂，還有化忌，這什麼鬼冬冬？」

但是一抬眼看到公園的土蓮霧樹，我馬上又還給她，讓她傾吐吧，這個歷盡滄桑的女子。

上週她幫我排紫微，她說我的事業宮和財帛宮很好：

「淑今，以後我要對妳好一點，妳以後會有錢。」

聽到她講這種傻話，我拉緊牽她的手，這顆天真單純的太陰星。

「雅云，敝人的小店都快關門了，妳還說我會賺錢，妳真的很可愛，謝謝妳，」

這是我的肺腑之言，雅云有時候就像未經人事的小孩，偏偏她經歷了許多傷心事。

我拿掉眼鏡，用老花的肉眼看紫微命盤，其實我不懂這些有的沒的星，我關心的是朋友。

「太陰化忌？還好啊，還有天馬、左輔，天馬讓妳天馬行空地發揮所長，左輔大概就是會蹦出左右手來幫忙做工，像我的美髮，老是有人幫我介紹客戶，這樣就滿足了。太陰是什麼，我知道就是像妳這樣陰柔婉約，不會跟人爭的月亮女孩。」

「月亮女孩？妳形容得很文學。」

「太陰本來是很好的，廟的亮度更好，像滿月月亮的光芒，可是化忌就不好了，像月亮被雲遮住了啦。」她又說：「月亮也代表自己沒有光亮，要借助別人的光輝照耀。」

我愣在鏡子前面，她在往下掉了，好不容易看醫生吃藥才穩定的病情，我真怕她又回到以前的生病模式。

「淑今，妳看，人的命運在一張薄紙上。」她說，幽幽口吻，她就是不像我這樣「聳」又有力。

我認真看著粉紅色的紙上，一個一個的格子，格子裡有很多星星的名字，有些看來不錯，像紫微、天相、天府、天同、天貴、天魁、天鉞、天喜、天使，太陽、文曲、文昌，有些看來就讓人有些壓力，七殺、破軍、貪狼、地空、地劫，還有其它吉吉又煞煞的星星名字。

每個星星的特質不同，代表的意義不同，就像不同的植物名字會有不同的藥性。這些星星分布在十二個格子裡，每個格子有一個名稱，命宮、事業宮、財帛宮、夫妻宮、疾厄宮——等等，那就是人一生吉吉又煞煞的命運嗎？

我的命運也是在一張紙上，上回她拿來，壓在茶几上，有時候朋友來喝茶，不小心就把我的「命」給汙染了。

「準嗎？」我擦著額頭的汗水，我不是願意相信宿命的人，只是好奇，怎麼人的命運竟然可以預估？

「我印證以前發生的事件，三十三歲到四十二歲，本運的夫妻宮是文昌化忌，感情不好，離婚那年流年流月，夫妻宮巨門化忌，所以那個月辦離婚了。」雅云說。

她打開筆記本解釋，她把生命中幾個大事紀的紫微流年記下來：

一九九九年，九月，田宅宮雙化忌，她和先生買的房子在九二一地震時倒了。

「那個比野狼還沒良心的男人，離婚時說好房子給他，他想住房子卻不想辦過戶，等房子倒掉，他又賴了，現在銀行貸款還得妳還，妳生病沒工作怎麼還？」我大聲說著，替她罵她前夫，我覺得這是姊妹淘應有的義氣。

轉頭看鏡子，我已經習慣來我工作室洗頭的女人向我吐露心聲，我的店像個心靈相談室，雅云是我最關心的一位。

雅云，憂鬱症，二十八歲發病，三十一歲結婚，婚姻暴力，三十六歲出國，住在一個封閉的宗教道場裡，三十九歲離婚，房子地震倒了，四十歲回國，一無所有。

「雅云，妳當初怎麼沒有爭取贍養費？」

「怎麼爭取？他沒錢啊，真的向他要，只是苦了我公婆而已，我想只要能自由就好了。」

她就是一個沒有獨立能力，卻又不會為自己前途打算的人，她一點也不精明，但是她善良。憂鬱症讓她變成一個綁著小腳走路的人，看她一跛一跛走著，吃力卻奮勇，我為她心疼，也希望她丟掉裹腳布，她的小腳不是裹在腳上而是裹在心靈上。

每回她找到工作，我就為她喝采。過了半年，病發，工作又沒了，我就為她掉淚。認識她快三年，這樣的事情一再發生，上回她發病是去高職擔任實習教師，發病時她辦了停止實習，那陣子看到電視報導中有人自殺，我就心驚膽跳，游擊式地打電話給她，邀她下樓來喝茶，去公園看土蓮霧結果實。

「反正現在學生不好帶，電視上報導十萬流浪教師，不要教書也罷啦。」

我安慰她。

「我不喜歡事情做一半，沒有完成，偏偏生病常讓我變成有頭無尾。」她沮喪地說：「巨門天同在事業宮，做事情有頭無尾，事多不能結束。疾厄宮紫微星代表頭部，所以憂鬱。」

「天啊，妳都背起來囉。」

我感到驚訝，不知道她埋進去紫微迷宮有多深了。

「妳看，連今年我頭部受傷都有跡可循，流年父母宮化忌沖疾厄宮。」她說：「紫微是古代的統計學，還是窺見命運秘密的藏寶圖？」

我從小沒算過命，照樣活到四十四，只有一樣很奇怪，我爸爸是口腔癌往生，她說我的父母宮紫微是巨門陷化忌？還真是一針見血，令人起雞皮疙瘩。

即便是這樣，我仍然不把它放在心上，船過水無痕，用一張紙來印證人的一生，未免太輕薄？不值啊。

「我以前的先生命宮是破軍星，我是太陰星，太陰最怕碰上破軍，陰性的星碰到陽性的星，配合型遇到開創型，太陰被吃定了。」

「男女相處是個性，關紫微斗數啥事？」

「妳不知道現代人把紫微當作人際關係的應用？」

探頭去看店門口被撞壞的美髮電動招牌，照紫微斗術，送貨司機倒車撞到我的招牌那天，我的紫微流日大概是ＸＸ星化忌。但是我只生了幾分鐘的氣，然後我決定原諒貨車司機，也不讓他賠償，打電話告訴司機時，那個老實的勞苦男人跟我說了十幾聲謝謝，電話裡還聽到他老婆在一旁說感恩，我更確定自己的決定。我打電話去訂招牌，為了省運費一百五十元，騎單車去載，大約騎了洗一個美人頭的時間，電動招牌一路晃來晃去，我心裡可樂呢，黑皮，黑皮。

「妳看，我和他的紫微命盤，真的很合，每一個大限，他的夫妻宮主星就是我的命宮，我的夫妻宮主星，則是和他的命宮主星會照。」

「這代表什麼意思？」

「代表我們很適合，個性和各方面可以配合。我媽和我爸相守一生，他們的流年更麻吉，我爸的夫妻宮主星就是我媽的命宮主星，我媽的夫妻宮主星就是我爸的命宮主星，配得很漂亮。」

「妳不是說他們從年輕吵到老嗎？」

我知道她這陣子的感情困擾是融哥，她用情可深了，這一連串的紫微迷宮也是因他而起，她不知如何為感情解套，用紫微來平衡，她失婚後在感情上頻頻跌跤，卻仍然沒有停止去愛。

「為什麼受那麼多的傷，尤其在婚姻裡傷得那麼重，妳還要為男人動心？我從六年前失戀後，就把感情看淡了，單身馬力強。」

她低下頭，思索一會兒才說：

「有時候我在分析自己，我想是因為不曾圓滿過，所以不停止尋找。」

「怎麼可能圓滿？妳又何必寄情在這種命相學上？把自己框在一小格一小格的囚籠裡？」我覺得自己大剌剌，不要她「倒退魯」地思考，簡直是把過去放在鍋子裡不停地翻炒，臭酸的一道菜。

「換我來研究妳，妳改天來拿新版的命運藏寶圖，由今今夫人為妳量身打造。」

她走後，我跑出去看一眼破掉的舊招牌，然後把借來的梯子展開，折騰半個小時才把新招牌裝上去，插上電源，電動招牌又開始轉動，我的心也開始轉啊轉。

我用肉眼認真看著雅云的紫微命盤，破軍得，陀羅陷，鈴星陷，擎羊廟，火星旺，天機平，武曲得，天同不，巨門不，文昌化忌，這些是讓她不快樂、憂慮的煞星，我倒過來倒過去地看，把星星組合東組合西。

公園的樹上停著一隻優雅的伯勞鳥，牠像從外太空悄悄來似的，和公園環境保持一個距離。

我的工作室看出去就是公園，這時候烏桕樹在換葉子，翠綠無比，伯勞鳥是候鳥，突然出現在社區公園，真像神來一筆。

拿起筆在她的紫微命盤上揮灑神來之筆。

她拿到我神筆批過的紫微命盤，感覺心被三級地震震到了。

粉紅色的紫微命盤上，保留著每一顆廟旺的星，至於那些落陷、化忌的星，用粉紅色的雲彩紙貼上新的字，那些字是我親手寫的，我不會打電腦，寫好後細心貼好，看起來很工整。

雲彩紙上到底寫什麼字？

破軍妙　陀羅妙　鈴星妙　地劫妙　地空妙

命運囚籠裡的星星變成美妙的新星。

「呵呵呵，天才，天才。」

看她開心地笑，我笑得臉更圓了，對她比了一個「聳」又有力的的手勢。
公園正下起了第一場春雨，土蓮霧果實蹦蹦跳跳落到地面上。

姊妹夢工場

一

她作了一個夢。

無邊的黑暗中，一棵高大挺拔的樹，樹上沒有一片葉子，只有繁茂的樹枝，但仔細一看，有些小枝枒和樹幹是分離的。

當姊姊訴說這個夢時，她們正在餐廳用餐。「好奇怪，分離的枝枒竟然還能活？我在夢中還自言自語呢。」她飽滿的嘴巴沾著蕃茄醬汁。

「心理醫生吩咐妳要記錄最近作的夢，這是第一個夢嗎？」妹妹說著，把麵包遞給她。

「是啊。」她說著，揚揚眉毛。

「心理醫生帥嗎？」妹妹問，她試圖撕一片香蒜烤片，沒成功。

「帥啊。」她說，她用力一扯，香蒜烤片就撕成對半。

「那好，這次妳會看久一點。」妹妹說。

「啊？」她停下嘴巴的咀嚼動作。

木屋餐廳裡的沙發上，兩個女人享受午餐的動作戛然而止。

依照妹妹的期待，她正常去看西醫，做心理諮商，她說她不想死在不清醒的高樓，她說會去跳樓的人都是一時的無助，她不想成為無助的一群，她真的很努力在治療她的憂鬱症。

她去社區婦女中心上「鬱金香」的成長課，這是為家暴婦女而設。上過幾堂課後，她講起上週去看中醫師的事，聽得妹妹冷汗直冒。

「那是不是性騷擾？」她問。

「我打電話和朋友討論，確認他的行為構成性騷擾，我所思考的是為什麼我當時沒有立即反應和處理？我發現我一向為了維持關係的和諧會息事寧人，也缺乏危機處理的應變能力，我活在想像的童話世界裡，沒有覺察真實世界的能力，但我決定用『女羅賓漢』的署名寫一封匿名信警告他，以免他再對別的女性有這種行為。為了保護自己，我匿名寄這封信。」她睜著美麗的大眼睛說。

「妳自己的感覺最重要，妳不知道他是不是對妳性騷擾嗎？你白——」妹妹氣得發抖，硬生生把「痴」字給吞下肚。「我們是同一個父母生的嗎？」後面這句話她只在心裡OS，妹妹知道不能生氣，她答應爸媽要照顧她。

「我為什麼會發生這件事？是我的外表給人柔弱、好欺負的印象嗎？還是我模糊人與人之間的關係？我曾給別人錯誤的暗示嗎？」姊姊又三問妹妹。

「不是，是中醫混蛋，我們換個不混蛋的醫生，至少西醫還好吧？」妹妹把筆記型電腦放在桌上，肚子好餓，今天又得外食了，她知道姊姊一碰到問題，總是陷在裡面，像掉進蜘蛛網的昆蟲，出不來，妹妹識趣地提議去吃素食的烤玉米餅。

她一聽要去吃素食的烤玉米餅，很快又恢復笑容。

「以前妳生病時，前姊夫會帶妳去吃素食的烤玉米餅嗎？」妹妹問，她在「前」字略做停頓。她其實不十分了解這十年，大她兩歲的姊姊是怎麼過的，她一直跟著前姊夫住在南部，妹妹則一直在北部工作。經歷婚變和家暴，姊姊回到娘家，變成一個憂鬱症的病人，這其中發生什麼事？妹妹期盼她給她一個可供了解的答案。

「他不會。」她簡短地回答，面無笑容。

二

「妳這是情感轉移。」玫瑰在電話中說。

玫瑰的話像在她頭頂打了一棍，她猛K了許多心理學的書，開始對心理諮商的醫生對感情的處理產生受傷的感覺，假如榮格的處理方式是對的，為什麼她會受傷？她又發現問題，便一躍鑽進問題裡，像鑽進木頭的蛀蟲。

「因為我看重自己、尊重自己，也希望別人尊重我，我看重這份感情，也希望別人看重它。心理學理論都是從醫生，甚至可以說男性觀點出發，沒有考慮到病人的感受，從平等的角度出發。病人並不是要醫生給予情感的回應，而是表達真實的感覺，喜歡或不喜歡，醫生沒有做回應，代表他覺得這是病人的病症之一，醫生看見這個病症，醫治它，而在醫治的過程裡最重要的是對病人感情的尊重，醫生去醫治病人不被尊重的過去的傷，卻增加病人不被尊重的現在的傷。」她說。

白天，妹妹去電腦公司上班，她有很多時間可以思索，她擦完地板就坐在地板上想事情，或是打電話，玫瑰在電話中嘆氣。

「我想要表達的不是我需要他對我感情的回應，而是一種被尊重的對待，假若在醫療過程裡，沒有尊重的基礎，這個治療是走向康復或繼續受創？」她又說。

「但是我覺得他對妳有很多啟發，妳現在吃什麼藥？」玫瑰問。

「Depakine，帝拔癲，情緒穩定劑。」她說，她已經累得癱在沙發上了，說話和思索都是很累人的。

但是沒有得到完全的答案，她是不會滿意的。

然後她又開始昏睡了，妹妹叫她「睡美人」，她真的像睡美人般沉睡了，但是睡久了其實不美，蓬頭散髮加口臭，妹妹想。

「睡美人，妳今天好嗎？」妹妹問，白天去上班，中午還得打電話叫她起床吃飯，直到晚上八點下班，買飯菜回家，把她從床上像拖一頭大象般拖起來，這個時段才能問她問題，這是她發病時唯一清醒的時刻，在吃飽飯後。

她說出和心理醫生之間的感情糾葛，這是她離婚後的第二件感情事件，第一件是去年和初戀情人重逢，天意嗎？兩人已經失散十五年了，不料重逢以後，兩人舊情復燃，但是對方，就是閔智哥已經有家庭了，這就是妹妹送她去做心理諮商的原因，但是才休息不過幾個月，她又單戀治療她的心理醫生，她說因為醫生對她很好，她才會動心。

「他對妳好是應該的，因為妳是他的病人，他是在做生意，妳太天真了。」妹妹說，忍住心中的怒氣，憤怒連醫生都要欺負她。

「醫生是在救人，怎麼是做生意？」她說著，又發表高論：「我去爬象山，在自然裡放鬆自己，看滿山的樹，在佛洛伊德的《夢的解析》裡，突起的東西都可以做男性生殖器來解讀，所以樹象徵生殖器，這就是男性沙文主義，在我看來，佛氏其實是沒有自然涵養之輩，他大概無法體會，人在自然中敞開自己的那種自在，在自然中呼吸，人的心靈產生真正寧靜的力量。人都是為身體所苦，加上整個傳媒對欲望的推波助瀾，美食、俊男美女。」

「妳有按時吃藥嗎？」妹妹問，她的思考跳接得太厲害，怎麼一下又跳到爬象山和佛洛伊德？這通常就是病狀之一，妹妹覺得很累，她想幫助她，但是真的好累，兩人是不同星座不同個性，只有同一個姓氏——

「我的感情世界始終沒有圓滿過，閔智是我唯一從感情出發去交往的異性，前夫是扭曲的情欲的結合，然而閔智和我沒有達到心靈的相契，這就是為什麼我四十歲仍不停止感情追尋的原因——妳有在聽嗎？」她問。

妹妹沒有回答，她已經歪著頭睡著了。她赤腳走進臥室拿了一件涼被蓋在妹妹身上，不久，在沙發上睡著的妹妹打起鼾來，像塵封已久不演奏的大提琴。

三

第九號夢：

醫生把一個男病人帶到人群中，試圖和大家相處，病人在展示一個東西，我和善地笑，病人誤解我的意思，以為我取笑他，他用刀子割傷了我的手背，醫生很心疼的神情。然後有一個女人說醫院收容的是錯誤的病患，在管理上很費功夫。

妹妹讀著她記錄的夢境，隔頁是一首詩，寫給醫生的情詩，她用九級字貼在紫色的本子上，看來很浪漫。

為什麼她停留在十七歲的浪漫少女？媽是怎麼生她的？她從小長得很美，不像我瘦巴巴的，她現在仍然很美——妹妹想著，只有在餐廳吃飯時才會想事情，想姊姊的事。

「妹仔，媽今天打電話來說，章太太要安排週日讓妳相親。」她說。

「我討厭相親，妳沒說我要加班嗎？」妹妹板著臉，她把筆記本還給她。

「妳覺得情詩寫得怎樣？」

「好啊。」妹妹說。但是不能當飯吃，這句話她自動切掉。

她每天把情詩拿出來看好幾遍，一副甜蜜蜜的樣子，她的模樣好快樂，這種感覺曾經有過嗎？二十年前她初戀時，是這樣類似的一種模樣，那時媽媽反對她和閔智哥交往，媽媽要她在考大學和愛情之間做選擇，她選擇考大學，閔智哥去當兵，兩人其實藕斷絲連，她考上大學後，閔智哥考技術學院沒考上，兩人才真正分手。

她大四時認識前姊夫，然後她整個人都變了，我知道她一定發生什麼事，我們姊妹從小一起長大，憑眼神也感覺得到，但是那到底是什麼事？妹妹不知道。

第十三號夢：

在人群中，我看見擁擠的腿集聚一起，一隻營養不良的小狗蹲著，不久，倉皇之間，小狗用一把火燒了牠自己。

「我們現在的關係像火，就像妳的夢，營養不良的小狗象徵這個治療，火代表喜歡，看來妳有意圖燒了這個治療？」醫生問她，她愣住了，心理醫生專門讀人的潛意識？

讀她的夢，有時也令人震撼，妹妹想。在夜深人靜，加工做完公事後再加工忙私事，讀她的夢的筆記，讀完，妹妹沒洗澡就躺在沙發上睡著了，她已經累得沒力氣進入她的夢境。

早晨醒來，妹妹躺在沙發上還沒刷牙，她突然站在沙發前面。

「妳養我辛苦嗎？」

「還好，妳吃素，很省。」妹妹含糊地說。妳只要不讓我操心就好，這句話她沒從還沒刷牙的嘴巴吐出來。

四

第十六號夢：

有一個女人要帶我去坐車，我在車上，她騎腳踏車跟著，坐了一趟車，要轉車，在等車時，腳下淹水了，小蝌蚪游來，很可愛，一會兒游來了大蝌蚪，像魚那麼大，牠咬住我的腳不放，我趕快唸：南無觀世音菩薩！後來牠就放開了我，車子來了，我就坐上車。

她的夢很有創意，妹妹不知道她怎麼夢得出來？

「車子代表方向，蝌蚪代表病。」她告訴妹妹：

「我不再隱忍不平等的感情，不再扮演受害者的角色，即便我再怎麼喜歡他，我也要學習提得起放得下，因為我真誠的感情並沒有得到他應有的尊重，我會告訴他我的領悟，假如他能夠有所承擔和領悟，那才是值得我繼續堅持的一份喜歡，感情不是遊戲，它是互動的生命成長，能夠在生命成長上和我互相激盪的人，才是我所需要的朋友。」

「妳每次的戀情都不長，因為妳沒有耐力談天長地久的愛情。」妹妹說。

「但是我還是學習到愛情的功課，這段喜歡給我很多體悟，我看清楚自己在感情上悲劇的宿命，活到四十歲了，我生命中沒有一段感情是輕鬆愉快的，前夫婚姻暴力，帶給我最多傷害；閔智使我成為第三者；心理醫生不明確的態度令我難堪。但我必須去承擔自己對感情的盲目，我想結束治療，或許是我的感情態度已經成長了，我不再讓自己承受感情的暴力，他自己是治療師，他更不應該如此處理這份感情，除非他根本不重視它，他並沒有考慮到我的感受，假若這是他處理感情的模式，那麼他是不能帶給我幸福快樂的，因為他顯露了自私的一面，他就不是我所需要的朋友。」她又說。

「哈哈，妳比心理醫生還會分析，妳如果想停止治療，就停，但藥不能停。」妹妹笑著說，她的單眼皮和她的雙眼皮，各有美感也各有心事。

她似乎很氣心理醫生，她又要生病了嗎？其實妹妹不知道她真實生病的情景，她就是昏睡，她昏睡的時間，她都在公司忙碌謀生，人們說憂鬱症病人很可憐，妹妹覺得憂鬱症病人的家屬更可憐，別人傷害了人走了，被害者的家屬還要收拾善後，什麼時候這個善後才會完結篇？

第二十號夢：

爸爸開車載著全家人去郊遊，到了郊外，我們想要上廁所，但找不到廁所，爸爸說那只好上野地廁所，於是帶著大家去田裡上廁所，走著走著，一路上都已經有人們方便過的淺淺痕跡，就一直往前走，好不容易走到空地，卻發現已經靠近田埂邊，田外正有幾個人在工作，於是作罷。

爸爸說往中間地方走，我們又往中間走，遠遠地，我看見一個學者朋友在拍鳥，他用乾草把自己打扮成一隻大鳥，樣子很滑稽，忽然偽裝的草衣似乎要掉下來了，他喊著叫人去幫他，爸爸去幫他偽裝。我和妹妹往前走，走著走著，我發現水已經淹到腰部，趕快叫大家停下來，不要往前走，但我仔細看卻發現水凝結成透明的茶凍，很特別也很美。這時候大家注意到那學者，問他是否有收穫？他解釋拍鳥需要偽裝的道理，但他似乎並無收穫，大家笑成一團。

爸爸送我去一個家庭，雖然陌生但我並不會感到害怕，我的角色卻從女兒變成媳婦，我們一家人坐在客廳沙發上，我和婆婆很有話講，還和她撒嬌，最後是我們講偽裝鳥的笑話，大家又笑成一團。

妹妹讀到這個夢興奮半天，她快要好了嗎？只要有一絲絲進步的希望，她都雀躍不已。但是昨天的婦科報告出來，她又心情沉重，她的卵巢長了巧克力囊腫，有七、八公分，必須開刀。

「妳要開刀？什麼時候？」她聽完妹妹的話，好像晴天霹靂，妹妹反過來要安撫她，這是搞什麼？妹妹沒說出來，和她同住這幾年，她學會藏話尾。

「還沒決定。」妹妹通常簡單做結論。

五

停止治療後的她，毋寧是令妹妹傷透心的。

她迷上了上網，跟一位也是離婚的網友陷入情網，每天就是埋頭在網路中，用她天賦的好文筆寫情詩和情書。為什麼蹧蹋媽給妳的好天分？這句話也只到妹妹的喉嚨。

「妳不怕被騙嗎？」

「不會，不會，他不會是壞人，他文筆也很好，很會寫詩。」

「抄來的吧？」妹妹嗤之以鼻。

有時大清早，妹妹揹著笨重的筆記型電腦要出門上班，她穿著睡衣坐在電腦前寫信，那一刻，妹妹會問自己：我是在救她，還是在害她？為什麼我就得去上班，她卻閒閒在家談網路愛情？

「姊，我去上班了。」妹妹故意大聲說。

「小心開車。」她頭也沒抬地說。

「她談戀愛總比昏睡好。」妹妹嘆氣著想。

一個月後，她又發病了，連續三天昏睡，通常這時期她的飲食不正常，以前大概還會自己起床弄點泡麵或湯吃，這次卻嚴重許多，她消瘦很多，眼圈是黑的。

妹妹只好請假一天在家陪她，她開始擔心她會想不開，妹妹拔掉電視插頭，避免電視上過多的自殺新聞刺激她。妹妹也不敢看那些新聞，怕自己會嚇到。

請假在家，妹妹第一次進入姊姊的神秘幽谷。

……她在床上靜靜躺著，那看似安靜的身體，正承載著過去的黑暗載沉載浮，為什麼沒有力量可以向上泅泳？不知道沉睡了多久，她陷入了流沙之坑。隨著流沙的下沉力量，她被拉回了過去，漂浮在潛意識的記憶，流動、沉重、壓迫、覆蓋，她的心動彈不得，釋放憂鬱的重量，一次又一次；身體交疊心靈現在交錯過去；潛意識的暗潮波動在腦海中，為什麼面具撐不起生命的傘蓋……

妹妹看著她，她沒有看妹妹，她一直睡，有時候她起來，但兩眼發直，她只是要上廁所，上完廁所又躺回床上睡，好像世界上的事都可以用睡來解決，又好像她要進入夢境去尋找什麼？

妹妹硬拖著她去看醫生，這回得換醫生，因為她不肯看以前的心理醫生，那個心理醫生，真是混球混蛋。

新醫生開了抗憂鬱劑，LUVOX。一回家，妹妹先上網查藥典，了解 LUVOX 的藥性和副作用，才讓她把藥吃下去。

接著，妹妹買了紅蕃茄義大利麵回家，她不能上餐廳，她自己會板著臉，妹妹怕她嚇壞餐廳裡的小孩。

「他說了什麼話嗎？讓妳這麼難過？」妹妹問。等她吃完麵，她才小聲地問。

「誰？」她也是小聲地答。

「那個會寫詩的網友啊。」

她沉默了很久，才說：「他說我有侵略性。」

「個性和感情認知不同，算了，算了。」妹妹點到為止。

其實活到這麼大，妹妹從沒有談過一次完整版的戀愛，有一次，十三年前，但那只有被追，她還沒心動，她一直都用心在事業上。同一個父母所生，她們兩姊妹個性卻有天壤之別。為什麼？妹妹也不懂。

「妳有沒有發現，每次發病都和談戀愛有關。」妹妹說。

「是喔？」她抬頭看妹妹，這句話打到她心坎了。

妹妹知道她不會很快好起來的，她通常會反覆好幾遍，把這段愛情翻來覆去地倒帶很多次，直到記憶的迴路彈性疲乏。

「我上次就說過這是感情的慣性，妳還是沒聽進去。」妹妹說話有些大聲。

「妳管這麼多！」她的語氣也不太好。

「妳如果不要我管，那妳就回鄉下和爸媽住。」妹妹大聲說。

「妳要趕我走就明講，不要拐彎抹角。」她大吼。

妹妹和她吵起架來，這是第一次。吵完架，妹妹馬上後悔，但是她已經回房鎖緊房門，妹妹一回頭看不到那包LUVOX，她緊張得打電話給玫瑰，她知道玫瑰是生命線志工，也是她離婚後少數有聯絡的朋友，姊姊其實是自己把自己丟到幽谷的，以她的旁觀而言。

「她剛剛有吃藥嗎？」玫瑰問。

「有，我看著她吃藥的。」妹妹說。

「別擔心，妹仔，她從沒有自殺的紀錄，她告訴過我，她不能自殺，因為她不能在妳面前自殺，讓妳收拾難堪的善後。」玫瑰說。

玫瑰還說了一件重要的事，她說妹妹是她最好的良藥。

拿著電話筒，妹妹吸吸鼻子，唉唉。

「妹仔，妳把電話拿給她，我來和她講。」玫瑰說。

妹妹敲她的門，她不應門。妹妹等在門口，站著流眼淚。

隔了不知道多久，她的門才打開。妹妹趕快撥通玫瑰的電話，把電話拿給她。

六

「也許妳沒有吃對藥！」妹妹對她說。

一整個週日上午，妹妹坐在電腦前上網搜尋，然後她列印了一堆憂鬱症的資料。

她拿起來看，有五頁，上面有醫院名稱、醫生姓名與專長，還有病人評語。

「柯東龍，專長躁鬱症，對病人很關心，問診仔細有耐心，是個有良心的好醫生。」

她看著妹妹用紅筆圈起來的醫生資料，覺得很有意思，被病人評為有良心的醫生。

她自己去看這位被病人評為有良心的醫生。柯醫師話不多，只講重點，他不嚴肅也不客套，她直覺這位醫生會治好她的病。

「妳是輕微的躁鬱症，第二型，既然以前吃 Depakine 有副作用，那試試吃鋰鹽 Lithium，這是比較傳統的藥，但說不定會適合妳。」柯醫師說。

她看完醫生，很有活力地回家：「原來我以前吃錯藥耶。」

「醫生緣病人福啦。」妹妹說。

「那妳就是我的貴人，妳找到這個有良心的醫生。」她拉著妹妹翩翩起舞。

「有良心的醫生說，貝多芬、舒曼也是躁鬱症，梵谷不是，好奇怪，我一直以為躁鬱症有暴力傾向，其實不是，失眠、跳躍式思考就是它的症狀之一。」她說。

她每天按時吃藥，吃藥是她的大事，她知道這一切努力都是為了妹妹。

妹妹看她又坐在電腦前面一整天，她又開始憂心了。

這回她不敢公然問她，等她去上廁所時，她偷看她在忙什麼，看了一眼，妹妹差點心臟停止。

她在算紫微斗數，她印了好幾個人的紫微斗數，她自己的、前姊夫的、閔智哥的、網友的、還有黃茗舒的。

「黃茗舒？她在和他談戀愛嗎？」她只要談戀愛，妹妹就會擔心，但是黃茗舒是她的老朋友了，他們一直只是朋友，她為什麼要算他的紫微斗數？妹妹忽然有點想哭，為什麼這個美麗的姊姊受的苦還沒有完？從小，她就是家族中最亮眼的女孩，走到哪裡都會受到注意和歡迎；而妹妹正好相反，她瘦小，背脊有些歪，看起來不起眼，她一直都站在她的背後，大家以為兩姊妹會互相排擠，相反地，妹妹和她感情很好，活潑愛耍寶的她從小就照顧妹妹。

「妳會希望有人照顧妳後半生嗎？」妹妹問她。

「啊？」她剛從廁所出來，聽得一頭霧水。

「妳最近和黃茗舒怎麼了？」妹妹藏不住話尾了。

「沒有啊。」

「那他為什麼送妳花粉？」妹妹咄咄逼人，乾脆說個痛快：「妳整天在算紫微斗數，妳和黃茗舒又談戀愛了嗎？妳不是說他有個女朋友在台中，那妳還要和他牽扯在一起，妳不怕受傷嗎？妳不談戀愛會死啊？」妹妹說著，自己哭了起來。

「我不會有事的，妳不要擔心。」她說。

「妳要我不要擔心，妳得表現給我看啊。」妹妹哭著說。

有時候黃茗舒打電話來被妹妹接到，妹妹真想臭罵他，妹妹旁觀者清，看得很清楚，他對她不是真心的，他都是有事情才找她幫忙，她幫他打字，幫他跑腿，借車給他。她還煮飯給他吃，做蛋糕給他吃，像個幸福的小女人。

黃茗舒經常和她約在樓下公園見面，他沒有約她吃晚餐或出遊，她說他工作很忙，妹妹知道這又是她一頭熱的戀情，他們不算在交往。「他說過喜歡妳嗎？」這句話妹妹很想問，但必須藏在心裡。

「為什麼女人一談戀愛就變笨？」妹妹想。

「如果她快樂，那就讓她談戀愛吧。」妹妹又想。

沒等妹妹多想，三個月後，她從台中歸來那天，臉色鐵青，像死掉一樣，靜靜躺在床上一天，她確定黃茗舒和前女友復合，妹妹這回氣瘋了，氣自己的姊姊不爭氣。

「妳為什麼就是不聽周遭的人的話？硬要去碰石頭？」妹妹吶喊。

「他還是害怕我的病吧，憂鬱症、躁鬱症比癌症還讓人畏懼嗎？」她自言自語。

「還好她陷進去的時間不長。」妹妹也自言自語。

七

妹妹終於找出時間去醫院開刀，她也有必須面對的身體問題，卵巢的巧克力囊腫，住院時間都是她照顧妹妹。

妹妹原以為她與黃茗舒這場戀愛會打垮她，因為他們是多年好友，沒想到她的狀況一直不錯，也可以說她第一次正常地處理感情了。

這個「藍調的病」或許會跟著她，但是不會再困擾她。

妹妹用「藍調的病」來稱呼躁鬱症和憂鬱症，她不喜歡「鬱」這個字。

「筆劃太多。」妹妹說。

「哈哈哈。」她直笑著。

妹妹覺得看柯醫師以後的她，或者說吃對藥以後的她，真的正常很多，她的寫作事業開始進行了，她處理家務和人際關係，也都正常了，她能從「黃茗舒事件」中再站起來，也多虧了吃對藥。

「妳論文寫了那麼多年，要不要把它寫完？」妹妹問，她的聲音很小，開完刀身體還沒復原，住院對她是一種休息吧？

「妳別擔心我，我會好起來的。」她邊削蘋果邊說。

「以前總是太忙，沒時間和妳好好說話，今天我可以好好聽妳講話了。」妹妹說著，靠著枕頭坐在病床上。

「妹妹，會不會以前我拚命談戀愛，其實是吃錯藥？」她說。

妹妹這才想起對啊，以前她沒看過她這個模樣，她原以為是婚姻失敗讓她性格改變，原來問題是出在藥物上。

「混蛋醫生。」妹妹罵著。

「如果是吃錯藥，那也是生這個病要受的苦吧。」

妹妹摸一摸她的臉，算是安慰。

「妹仔，妳為什麼對我這麼好？如果沒有妳，我不知道今天會變成怎樣？」

「妳是我的姊姊啊，妳記不記得小時候，我們還住在鄉下的時候，有一回妳偷了嬸嬸家的一塊錢，買了四十顆糖甘仔，結果妳只吃了兩顆，剩下的都留給我？」

「三十幾年前的事，妳還記得？」

「還有一次，妳搶了表姊的橘子，自己捨不得吃，跑來拿給我吃。」

「哈哈哈哈哈，我很像俠女。」她說著笑彎腰。

「妳的條件還是很好，不像我瘦巴巴營養不良，為什麼一次婚姻失敗，就變成悲情的慣性？」妹妹認真的表情問著。

「悲情的慣性？」

「因為婚姻不愉快，所以對待感情都用悲情的角度。」

醫生和護士來巡房，妹妹和她停下談話。

「醫生，手術順利吧？」她問。

「順利，請放心。」醫生檢查換藥後說。

「謝謝。」

醫生和護士走了，她又靠近妹妹，繼續削蘋果，削完蘋果，她幫妹妹梳頭。妹妹覺得從前能幹的姊姊又回來了。

夜晚，妹妹陪她睡在病房，她又進入夢的工場，巧合的是妹妹也擠進她窄仄的夢境。

她的夢剛剛登場，她在夢中和過去接軌，有時和過去相擁而泣，有時她對過去吶喊，過去做了什麼事其實記憶已模糊，夢卻以過去為素材發揮無邊的創意，那個夢就是這樣像蛇一般滑入她的體內，在她卑微的身體產生無邊的破壞力。

第X號夢：

童年的大溪鄉間，夢中的童女穿越美麗的山丘，當光影籠罩時，那山丘有絲綢般的薄紗。削著馬桶蓋短髮的小女生，終日在果園裡快樂玩耍，偶而樹枝刮傷了手，永遠微笑的祖母，用汁液撫慰天真的手，兩葉紫花長穗木嚼碎了。

滿溢蕃薯味的幽暗倉庫裡，一個高中生領著一群孩子玩遊戲秘密中。小女生驚懼的瞳孔中映現一齣戲，大堂哥大豬般的胸膛壓著堂姊的細腰，一個小男生壓著她的腳；咧笑圍觀圍觀咧笑，她的眼睛動彈不得，她的心拚命奔跑。甘蔗田、土豆田、黑甜仔菜原野，天真的原野映現出顫抖的髮梢，媽媽汗濕的身影在遙遠的香蕉田裡；倉庫裡的影像愈來愈清晰，大堂哥漲紅的臉一步步逼近，她的心再次奔逃用盡力量，柚子樹下蟋蟀的洞裡龍眼樹上躲進家裡塌塌米床上的被窩裡躲進母親溫暖的子宮裡。倉庫外面有大人和牛車駛近的交談聲，有一個小小的黑影慢慢向她靠近……

第一號夢，製造者：妹妹

她在果園找姊姊，柚子樹下蟋蟀的洞裡龍眼樹找不到，她來到倉庫外面，窗內有一群人裸露著身體，一個小小的黑影被壓在地上，她湊近玻璃看，是姊姊在哭泣，有大人和牛車駛近的交談聲，慢慢向她靠近，她趕緊跑向大人高喊救命，大人破門而入……

黃昏她和妹妹回到飄著香蕉收成香味的家裡，蜷身在供桌底下，呼吸只剩下一息。有一絲微弱的亮光透出自神龕「苦海無邊」的玻璃。她在夢中感受那光的洗浴，如嬰兒般無念。

米蘭婆婆的異想世界

一

在義大利米蘭絢麗的伸展台，女人穿上像魚或像植物或像外星人的服飾，帶著七彩鳥的面具，身材修長襯托出清瘦的風味。她穿著一襲三宅一生設計的秋裝，丈夫以欣賞藝術品的微笑眼光注視著她。服裝的流行魅力和婚姻有著某種獨特的關係，懂得穿著的女人，她的婚姻通常較能維持光鮮亮麗；穿不出服裝品味的女人，她的婚姻權柄通常是握在丈夫手上。懂得縫製衣裳的女人，也懂得縫緊丈夫的心；不懂縫紉的女人，她婚姻的線繫在丈夫手中。

米蘭婆婆說著個人獨特的服裝與婚姻的觀點，半閉著眼對她的么女兒美貴說：

「美貴，上禮拜我夢見啊，妳姊姊幫我買了一個按摩床，遠紅外線的，躺起來像在棉花船上散步喲，呵呵呵……」

美貴沒有搭話，她繼續聽著媽媽的夢，臥床的糖尿病老人的夢很長。

「妳哥哥的羊肉爐店在夏天居然生意好得很哪，原來是一個記者無意中來吃對了胃口，幫他寫了地方美食的報導，呵呵呵，他就要出頭天走老運囉，他和妳大嫂也不吵架了……」

美貴幫媽媽翻身按摩後，拿著檀香扇搧風，她許久沒來，媽媽的背上長了紅紅的疹子，米色的棉衫都是汗溼的黃漬。

米蘭婆婆年輕時最嚮往去米蘭參加服裝發表會，所以她的姊妹們叫她米蘭，不叫她的本名金蘭，鄰居孩子們則叫她米蘭婆婆。她的命卻不像名字是礦金的，倒像稻米般的樸實，金蘭白米最實惠。米蘭婆婆小時候是操勞過度的養女，長大以後嫁給一個愛讀書的男人，她書讀得不多，一直疼愛她這個書生老公，她不會做細鈿的工作，所以她做盡所有粗活重工來養家育兒，栽培書生老公考取了中醫特考，在三十八歲那年終於當了醫師娘。

美貴出生不久蔭了爸爸的事業運，米蘭婆婆特別疼愛這個么女，說她是貴命，帶來興旺的家運。但是她的貴命卻不能為父母的感情添加甜蜜分數，米蘭婆婆又拚命生了一個貴么兒，這是她日夜參拜的媽祖婆和三太子託夢給她的。然而這個天貴弟弟也沒發揮貴氣，美貴上高中時仍然抵擋不住父母離異的命運，事業如日中天的中醫師爸爸搬離了家，買了一個大宅迎接外面的女人。美貴生氣的是那麼豪氣的大宅居然養一個她陌生的女人，她不捨媽媽那些做苦工扶助夫婿的歲月，她的成績一落千丈，大學聯考勉強考了個三專，她頭也不回地離家北上求學，從此她沒有見過父親直到他去世的喪禮。

那次喪禮她才知道，中醫師姊姊是這些年唯一和父親有互動的人，在父親晚年臥病以後，姘頭也離開了，是姊姊和姊夫在照顧父親，連吃的藥也是姊姊配的中藥。而父親的三幢房子和六百萬存款，以及七支鑽錶等財產，姊姊只吐了三百萬說是爸爸要給媽媽的養老金，還有兄弟姊妹每人五十萬的手尾錢，其它資產早就一樣一樣歸於姊姊名下，說是遵照老人家的意思。哥哥和天貴弟弟一邊摺紙蓮花，一邊向姊姊嗆聲：

「謀財的伎倆太差了吧，連路人都不齒。」

美貴十多年甚少和家裡聯絡，一時間搞不清狀況。她向來不重視金錢，但是卻應了媽媽說的命帶貴人，她三專畢業後待的是高薪的美商公司，初戀的丈夫家是豬販中盤商，她二十四歲就當了豬大戶獨子的少奶奶。三年後她創業開公司，居然可以自學成功搞設計公司，還管理二十幾個員工，事業一路爬上巔峰。她從不認同媽媽說她命帶貴人，她自認貴人就是自己。

「美貴，其實妳要原諒爸爸，媽媽的脾氣太硬了，爸爸受不了才會外遇的。」姊姊大概看到兄弟都和她對立，轉而向美貴示好，她聽著姊姊的話不吭氣。

「這幾年媽媽沒有工作，常常也會向我紿錢，年初還向我調頭寸借了二十萬元。」美貴這時已經憋不住了，她瞪著眼睛直視中醫師姊姊細小的眼睛，大聲說：

「妳說，妳敢當著爸爸的靈前發誓，妳說的是真的，媽媽欠妳多少錢我來還！」

姊姊嚇得噤聲。爸爸喪禮過後，姊姊從此沒有和家人聯絡，也不曾回來探望過米蘭婆婆。美貴覺得心痛，尤其姊姊為爸爸的背叛找藉口，她難道忘了小時候跟媽媽過的苦日子？人都是「依富不依貧」，父親發達了，連外遇也有理？媽媽老了做不動了，連脾氣壞都有罪？她算一算父親留下的資產大約二千多萬吧，為了這樣數目的錢財，人可以不要親情不要仁義，她委實不懂，一想起姊姊就心痛。

「天貴上次起乩時，說媽祖託夢給他，說他一定要做鑽石的生意才會興家，太陽星駐命就是蔭會發光發亮的事業，呵呵呵……」

米蘭婆婆以前也曾說天貴弟弟是來剋父的，太陽星與陽性的親人無緣，從他一出世父親就出事，不就是最好的證明嗎？但是米蘭婆婆還是讓娶了老婆的么兒住在老家，媳婦負責賺錢養家，天貴則是負責照顧米蘭婆婆以及三不五時起乩傳達神旨，做為米蘭婆婆與諸神之間溝通的橋樑。天貴是早慧的乩童，第一次起乩是國中時候，他在米蘭婆婆迎回第五尊神明時，在佛堂，全身從臉到手腳顫抖著說爸爸不會回家了，爸爸幫外面的阿姨買了一間種著漂亮軟枝黃蟬的大宅，媽祖要米蘭婆婆不要再等丈夫了，自己好好過日子……

天貴的預言後來證實是真的，米蘭婆婆從此對么兒的話奉為神旨，她很慶幸自己生了一個天賦異稟的兒子，可以和神明對話。只有美貴知道那是她帶弟弟跟蹤爸爸得來的消息，她親眼看到為病人診脈的爸爸的手摟著那個女人的蛇腰。這就是她永遠不能原諒父親的原因，她還記得媽媽牽她的手那種粗糙的感覺，還有因為年輕時做小工彎腰攪拌水泥過度操勞而駝的背。

美貴一邊聽媽媽說話，一邊用軟布幫她擦拭身體，美貴不想聞到藥味。

「美貴，妳看多麼靈感？我昨天剛夢到妳，今天妳就來了，呵呵呵。」

「媽，妳夢見我什麼啊？」

「我夢見啊，呵呵呵，吳新和妳在英國買了一間房子，讓妳和殷殷一起去唸書，殷殷是大學生了，妳們一家和和樂樂的，謙謙也決定要出國唸高中。」

「呵呵呵，是喔？好了，媽不要想太多，我回去了。」

美貴不忍再聽下去，她走到佛堂，被佛桌上擺得滿滿的神像震懾住，光是從台灣各大廟宇請來的媽祖就有十尊，莫非要表徵十全十美？三太子有五尊，關帝爺有三尊，還有王爺、善財童子、五方財神、土地公……一二三四五六七八九十，十一、十二、十三、十四、十五、十六、十七、十八、十九、二十，二一、二二、二三、二四、二五、二六、二七、二八，一共二十八尊，她想起從爸爸出事那年開始，媽媽一年迎請一尊神明回家供奉。她離家真的太久了，這些數字代表媽媽寂寞年歲的數目。

在二十八尊神明面前，她忍不住擦著眼淚，哽咽的聲音連自己都快聽不見了：

「媽媽說的那些都是不存在的事啊。」

她和吳新已經離婚七、八年了，她的公司因財務危機也結束了，她一直試圖說服豬大戶的公公讓殷殷去英國讀大學，富甲一方卻吝嗇出名的公公和她談判，要她擔負一半的學費，這是目前還負債數百萬的她最難的難題。哥哥的羊肉爐店在夏天生意慘澹，前幾天哥哥向她借錢不成，電話中還在鬧自殺。

天貴弟弟上禮拜剛來找過她，知道她去看望米蘭婆婆，又來和她談判，他說這些年媽媽是他負責照顧，哥哥和她每個月應該付他養護費。美貴想這些年天貴做生意賣掉媽媽的三幢房子，夫妻倆開著賓士雙B轎車，日常衣食都是高檔貨，生意卻從沒做起來。連爸爸留給媽媽的手尾錢，養老用的，三年不到他也挖光光了。弄得米蘭婆婆晚年還要為錢發愁，這是讓美貴最憤怒的地方。

米蘭婆婆明知道天貴是騙她的，但只要他起乩說些光怪陸離的夢境，便引起米蘭婆婆的好奇心，接著母子倆就開始解夢。天貴抓到了媽媽迷信的弱點，於是假借神旨向米蘭婆婆挖老本，等美貴負債回到南部家鄉，她發現家已經動搖家本了。

貪婪是永無止盡的，人的心一旦迷戀$時，連手足的情分都被磨得比鈔票還薄。這種病叫作「金錢腫瘤」，輕的是長錢瘤，良性的可以切除，但心裡的貪婪不除，腫瘤還是會再長；嚴重的就是「錢癌」，貪婪到極點，誘發了惡性腫瘤，難以醫治。

她的手足罹患了這種世紀文明病，從而有那些光怪陸離的行徑。

然而在米蘭婆婆的異想世界裡，所有的困難都得到圓滿的解決，連昧著良心奪取家財的姊姊都會回心轉意。

二

「這是米蘭服裝秀的女娃娃，漂亮吧？」米蘭婆婆驕傲地對女兒說。

由於工作出國的忙碌，美貴隔了好幾個月沒來看望媽媽，當她再看到媽媽時，她的震撼不亞於看到佛堂那二十八尊神像。

媽媽的床頭滿滿的都是「巴掌娃娃」，每一個娃娃都穿著新潮有設計感的衣裳，像魚或像植物或像外星人的服飾，帶著七彩鳥的面具。

「媽，這些娃娃做得很漂亮，身體很挺呢。」

「是養樂多的空盒，隔壁查某囡仔給我的，拿來做身體正好唷。」媽媽瞇起眼睛說：「這是我最喜歡的三宅一生風格的服裝。」

美貴很驚訝地發現這些都是媽媽說過的米蘭時尚服裝展，但看起來不是現今的米蘭，而是媽媽年輕時所嚮往的米蘭，她一眼就能看穿一切，母女連心吧。但沒想到服裝竟然是媽媽的夢想，這倒是令美貴訝異的。

「美貴啊，妳外公答應讓我去讀初中了，將來我就可以去米蘭學設計了，呵呵呵……」

美貴知道媽媽小時候要去報名初中，被外公抓回來，不准去讀，因為重男輕女的外公眼睛半瞎了，需要么女兒幫他牽著外出走路，如果她去讀書，誰來當外公的拐杖？十七歲那年，外公過世後，美貴的媽媽才離開家鄉去城市學裁縫，因為一心嚮往讀書，所以她嫁給很愛唸書的美貴的爸爸。

「妳看我設計這麼美的服裝，我會是世界頂尖的設計師，我不會嫁給妳爸爸了，呵呵呵……」

美貴以為媽媽是因為手拙才去做粗活，現在想恐怕是因為可以賺更多的錢吧？但是媽媽原本是臥床的，怎麼能做娃娃呢？她是怎麼努力爬起來的？

「這些叫作米蘭娃娃，隔壁查某囡仔取的名字，好聽吧？這是要做給孤兒院的囡仔，囡仔的媽媽要幫我拿去。」

美貴應了媽媽幾聲，好好好，很訝異媽媽居然還想到孤兒院的囡仔，她想這也是不存在的事吧。她想幫媽媽擦背，就挪開米蘭娃娃，沒想到媽媽竟然一副心疼的模樣。

「小心，小心。」

美貴看媽媽認真的神情，不免感到好笑，但是看媽媽倒是很愉快的樣子，美貴的心也輕快起來，她把對媽媽例行的照顧做好，怕她做娃娃太累，揉揉媽媽的手臂。美貴看著那些服裝設計前衛的娃娃，真不知道看起來那麼老土的媽媽，怎麼會有一個奇異而美麗的服裝世界？她摸到媽媽身旁的塑膠袋，裡面都是碎布，大概是弟媳婦成衣工廠不要的布，媽媽竟然可以把它變成時尚的米蘭娃娃。

美貴還在沉思，媽媽把四個娃娃塞在美貴手裡，她笑咧了嘴。

「妳看你們四個孩子小時候的模樣，好可愛啊，呵呵呵……」

美貴拿起四個童娃看個仔細，她辨認出來這是愛穿吊帶短褲的哥哥，這是愛紮辮子的姊姊，這是愛哭的弟弟，最後一個娃娃有一雙大眼睛，穿著格子短裙，這是她小時候最愛的一件衣服，媽媽曾告訴她那是米蘭風格的服裝。

美貴看著四個娃娃，發現他們是手牽著手的。原來在媽媽的世界裡，家已經回到了他們兄弟姊妹的童年時代。那時的媽媽很辛苦，爸爸還沒考上中醫師特考，只是個書呆子，他們還不富有，家是完整美滿的。媽媽寧願她的世界停留在這個時刻吧？那時有些事還沒發生，世界靜好。

「米蘭婆婆，米蘭婆婆，米蘭婆婆，妳在家嗎？」

美貴聽到門口孩童的聲音，她心中遲疑，怎麼有孩子的叫聲？

「美貴啊，快去幫隔壁查某囡仔開門，嘿，來了，來了。」

媽媽很興奮的樣子，美貴走去開門，一開門她忍不住笑起來。門口站了三個孩子，六七歲的模樣，帶著鳥的面具，不同顏色的鳥，綠色鳥，紅色鳥，藍色鳥。顏色鮮明像剛畫上去的，看到美貴也捨不得脫下來，因此看不清孩童的臉孔，想必是淘氣的孩子。

美貴開門讓三隻「鳥」進來，她們也不怕生，用跑的去找米蘭婆婆。

「米蘭婆婆，妳看，我的面具好不好看？」

三隻「鳥」爭著向米蘭婆婆討讚美，看得美貴也覺得好笑，真像她手上童娃的神情。

「好好好，妳們下禮拜要去孤兒院的娃娃給妳們準備好了，好看嗎？」

「哇，米蘭娃娃酷斃了，米蘭婆婆好厲害喔！」

「米蘭婆婆好棒喔！」

「好漂亮的米蘭娃娃喔！」

美貴看著眼前這一幕，她原以為媽媽說的隔壁查某囡仔和孤兒院的事是虛幻不存在的，沒想到它卻從夢中跳出來和她結結實實打照面，她不禁懷疑自己究竟是在夢境外還是在夢境裡？她捏一捏掌中的童娃，是飽滿的真實感，那麼她不是在夢境裡？

那麼媽媽的娃娃是真的要做給孤兒院的孩子，媽媽並沒有脫離現實啊。

「查某囡仔，來，面具拿下來，我幫妳們加上羽毛。」

「哇，米蘭婆婆要幫我加羽毛，米蘭婆婆好棒喔！」

美貴聽著一老三小的對話覺得稚氣有趣，一根羽毛就可以讓她們雀躍快樂。

三隻小「鳥」脫下面具，這時，美貴屏氣凝神說不出話來……那是三張被火紋了臉孔的孩子，雖不至於扭曲，五官原本該是輪廓分明的，但是臉頰或額頭卻有火紋的疤痕，眼前這三張受到殘酷火紋卻天真無邪的臉……

美貴看媽媽細心地為囡仔的面具添加羽毛，母親一點都沒有厭惡或嫌棄的表情，那三張臉孔也沒有自卑的神情……

她暗暗為囡仔的媽媽喝采，那是個何等有智慧的母親！就是她要幫媽媽把米蘭娃娃拿去孤兒院的。美貴以為媽媽最近沉浸在夢境裡，但它竟然是真實的。

「來，把米蘭娃娃拿回去給媽媽，幫婆婆謝謝媽媽。」

三個隔壁查某囡仔滿意地離開，米蘭婆婆的臉上還留著笑容，那是從心裡生出來的笑容。美貴很久沒看到媽媽這樣笑了，忍不住對媽媽說：

「媽，妳也幫爸爸做一件冬天的大衣吧，我想在他忌日的時候燒給他。」

「唔……好啊。」

「媽，如果妳那時去讀初中，妳又這麼聰明，爸爸就娶不到妳了，我就沒機會做妳的女兒了啊！」

「唔……是啊，呵呵呵……」媽媽若有所思地說：「美貴啊，世界沒有妳想的那麼糟，是吧？不要擔心未來，媽媽為你們努力很多很多……」米蘭婆婆握著美貴拿著童娃的手說。

美貴的腦海閃現的不只是童娃和米蘭娃娃，還有佛堂沉默的二十八尊神像。

美貴還想說什麼，卻發現媽媽已經累得筋疲力盡，握著美貴和童娃的手漸漸鬆了，她似乎睡著了。

美貴終於了解媽媽從病床爬起來的力量了。她把四個童娃拿到手上仔細看著，發現他們不再是愛穿吊帶短褲的哥哥、愛紮辮子的姊姊、愛哭的弟弟，還有一雙大眼睛愛穿著格子短裙的小美貴，而是四個米蘭娃娃，是媽媽，不！是米蘭婆婆，是米蘭婆婆用盡最後的生命力量創造的異想世界，平凡卻美麗動人。

原載《文學台灣》雜誌六十五期，二〇〇八春季號

二〇一一年吳濁流文學獎短篇小說正獎

烏鬼記

我是一隻黑鬼，漂蕩在府城的安靜暗巷，月亮升起時，我從井底竄到地面，當我走在平坦的地面，七月的風讓我有點感傷，我就站在自強街的街角對著附近長得比林投樹高大的房子發呆，那些高聳如紅毛船的房子讓我迷惑。

在那時，我第一次感覺人世間的悲愁不是死亡而是寂寞，當你身邊不再有親人和朋友圍繞，你看見滿街的屋子都有溫暖的燈光，卻只能倚著窗邊傾聽那些家常閒聊，你的愁緒連升起都沒有力氣，因為你已經不在現場。

做為一隻黑鬼，我站在大員的土地上遙想故鄉班達島，鄉愁沒有讓異鄉升格為家鄉，只是更添加哀怨，直到遇見那位來自家鄉印度尼西亞爪哇島的女人月桃。

「嘿，老烏鬼，你為什麼經過這麼久還沒去投胎？三百五十多年了，不覺得死得很不耐煩嗎？」

「因為心裡有執著，我的肉體就得不到解脫。」

月桃是單純而真性情的人，無論我怎麼解釋背負著記憶要通過奈何橋的困頓，她就是不相信並且嗤之以鼻，我有點氣餒坐在井邊嘆息，「噹」一聲，我的頭被空中掉下來的罐子打中。

「可惡，又是妳們那隻船丟下來的垃圾，妳沒有警告他們嗎？」

我頗不能適應現代的台江內海到處高聳的船，我指的「船」也就是月桃說的「樓」，它們比紅毛人的船還醜，船上的奴隸也比我們的年代更不愛整潔，這些在陸地的船無法移動，但是除了用船來形容，我不知道還有什麼能形容它的巨大？

我目光炯炯盯著月桃如滿月般的臉龐，她黑得發亮的膚色在夜裡更添嫵媚，我的憤怒情緒一下被軟化了，不想再抱怨住在樓裡不愛整潔的奴隸會被紅毛人罰多少里耳，反正紅毛人也不在大員了。

「老烏鬼，你就原諒她們吧，她們都是跟我一樣離開家鄉的苦命女人。」月桃拍拍我的肩膀說：「飲料罐還好的咧，她們生氣起來連衛生棉都扔的，哈哈哈。」

月桃爽朗的笑聲還有她嫵媚的皮膚都令我愉悅，我真想撫摸她的皮膚，這是我殘破的命運僅存的樂趣了，但我連這麼簡單的動作都做不到了。

「月桃，妳可以載我去普羅民遮城那裡走一走嗎？」

我話還沒說完，月桃已經變臉跳起來咒罵。

「你不覺得你像一隻無頭蒼蠅滿街尋找你的西拉雅情人，無視於我的存在，對我是莫大的侮辱嗎？」

月桃擲地有聲地說完轉頭就走，我滿臉的尷尬，很快地隨晚風跟上她的腳步，她還是怒罵著。

「走開，你不要又無聲無息地跟著我，瘼壁鬼。」

「月桃，妳要珍惜我們千年難得一見的緣分啊。」我說：「我是經歷數百年的孤寂才遇見妳，而妳在人世間也找不到像我這麼疼惜妳的男人。」

「所以，我們穿越時空的感情還真偉大啊。」月桃回頭說。

我看她的目睭就知道她是不悅的，早在我十七歲離開班達島時我便已經學會如何看女人的眼色，無論是班達島或是大員，對我來說相差不多，男人必須愉悅女人才能生存。與月桃相識以後，我一直小心翼翼地討好她，她是我等待三百多年才盼到可以跟我對話的美麗靈魂，我從她這裡知悉自國姓爺時代到現代三百多年來的變遷，可惜的是月桃書讀不多，又不是大員人，而是印度尼西亞人，我心中的困惑始終也沒得到解脫，跟我的身體一樣都是被困住的。

「你確定她還在赤崁樓，嗯，紅毛人的樓，普羅民遮城嗎？說不定她早就去投胎，或是搬到別的地方去了，現在那裡陸客多，很吵。」

「她會回來的，即使投胎也會回來的，我們約好在普羅民遮城見面的。」

我在心裡靜靜想著阿沙娜夕，她姣好的身材和大蕊的目睭，以及她身上白花的香氣，赤崁社最美麗的女人。

月桃最後拗不過我，還是用腳踏車載我去普羅民遮城，一個鬼魂是沒有力氣走太遠的，我只能搭她的順風車，對她來說我也不至於太笨重。

不料月桃在普羅民遮城附近的赤崁東街被摩托車撞到，對於這種霹靂神車我頗為害怕，風雷電掣，像水鬼般神出鬼沒，但月桃也是因為被這種神車撞到後才能看到我，她說是車禍經歷生死大關而開天眼。

「看來我得介紹你跟我家小姐認識，或許她能幫助你找到你的舊情人。」

我可不想認識什麼「人」，一個月桃已經讓我很疲累，我可不想再認識現代的女人，但是月桃卻積極安排著我與她家小姐相會，包括怎麼讓她看見我，她說自有辦法。她可真是瘋狂的黑皮膚爪哇女人，比班達島的女人還有膽識，似乎天不怕地不怕，我很好奇她若是生在紅毛人時代，可能會成為國姓爺身邊的女護衛，像我一樣被封為統領。

在大員市，我還是看得見國姓爺，但已經變成銅像，不再威風八面。月桃載我去看過延平郡王騎白馬的銅像，那跟國姓爺的翩翩丰采很相似，只有眼神不對，國姓爺的目睭烏黑大蕊，眉毛濃而長，是倭族母親賜給他的俊俏，銅像只有威風的披風和馬，沒有他本人的俊俏。我對國姓爺的情感頗為複雜，他讓我脫離當紅毛人的奴隸，但他對阿沙娜夕的族人是殘忍的，我無法一一訴說他的殘忍，那場國姓爺與荷蘭東印度公司的海戰讓我脫離奴隸的身分，但也讓我失去阿沙娜夕，我也是恨著他的吧？而現代的大員人是奇怪的，他們崇拜國姓爺，把他當作神膜拜，為什麼要膜拜一個殘酷對待祖先的武夫呢？

但是誰又善待過阿沙娜夕的族人呢？紅毛人先是為了蓋普羅民遮城，逼赤崁人遷走，我也是那時被紅毛人的船拉來大員當奴隸，當荷蘭船離開班達島時，我的母親在海埔地哭泣……

「阿烏，我這條命遲早會被你消費掉。」

月桃又把我的思緒拉回大員。她說的「消費」其實就是犧牲，所以我也可說是被國姓爺「消費」掉嗎？還是要說是被荷蘭人消費掉？我是被荷蘭人加上國姓爺雙重消費掉的可憐黑奴。

「阿烏，你不要自卑也不要自暴自棄，我也不是小姐的奴隸，我是家事管理，來台灣賺錢養家的好女人，再過幾年我們印尼盾價值會超越新台幣，到時候我就會回老家了。」

我頗欣賞月桃這種自信的性格，在我眼裡她替陸地的船頭家工作，跟我被紅毛人抓去海上的船工作一樣，就是奴隸啊。過了三百多年，沒有奴隸這種名詞，她是家事管理，像她一樣在台灣當家事管理或看護工、勞工的印尼人有一、二十萬人，真嚇人，比三百多年前多了十幾萬人。但現代的大員頭家還不錯，月桃說有南洋姊妹會和外勞團體替他們爭權益。

就這樣在月桃積極地安排下，一個下過雨的夜晚，我見到了月桃的頭家小姐，據說是台南某國立大學歷史系的博士生，一位聰明又美麗的女人，她有著丘陵般凸起的胸脯，筍子般的長腿，黑絲綢般的長髮，她禮貌地為我遞上阿迷希（檳榔），然後她嚼著阿迷希表示對我的尊重，讓我受寵若驚。我們便在「烏鬼井」邊透過月桃的靈媒攀談起來。

「烏先生，您好，我是阿沙娜夕，西拉雅語的意思是星星，請多指教。」

聽到阿沙娜夕這名字，我全身起雞皮疙瘩，歷經了三百多年，再聽到情人的名字，我幾乎要流淚了，月桃沒有提到過她的頭家小姐叫阿沙娜夕，她總是叫「我家小姐」。

「是嗎？原來你要尋找的人也叫阿沙娜夕？」頭家小姐疑惑地透過月桃問我：「我故鄉是山上鄉隙仔口，我的母系祖先可能來自赤崁社，我想知道關於赤崁社的故事。」

「阿沙娜夕，我可以冒昧地叫妳的名字嗎？……那個……可以請妳叫我阿烏嗎？」

感覺就像是她在叫我……我不好意思說出心裡的感覺，等待了三百多年，今夜阿沙娜夕終於回到我身邊，我禁不住靠近她身旁，她卻打了個冷顫後退了好幾步，我才意識到我們其實是陰陽兩相隔，我甚至不能握她的手，只能怔怔看著她出神，還好她看不到我。

「阿烏，感謝阿立祖，讓我認識你，你知道嗎？從我知道自己是西拉雅族的後裔，這十年來我日思夜夢都想著祖先的事，後來才念歷史研究所，現在要寫博士論文了。」

我抬頭看天空的星星，閃亮在天空的阿沙娜夕，地上的阿沙娜夕也在閃亮，那是她美麗的目珠。

我和阿沙娜夕博士的對話雖然要透過月桃傳話，但我們相談甚歡，她不僅美麗而且聰明，可以說對紅毛人和國姓爺的故事知之甚詳，加上她的聲音和氣質與當年的阿沙娜夕相似，我禁不住要以為是阿沙娜夕投胎回來赴約。不同年代的阿沙娜夕有著同樣美麗的外貌，和相同為族人奮鬥的膽識。

我和阿沙娜夕博士交換著那些陳年的故事。荷蘭人取得赤崁社人的土地，要在普羅民遮街旁蓋一個行政中心，紅毛番用十五匹的花布向阿沙娜夕的族人買土地，年輕的阿沙娜夕告誡族人不要聽從紅毛番的利誘，卻抵擋不過紅毛長官以及漢人的軟硬兼施，最後失去了土地。

「阿烏，原來有年輕的族人是反對賣地給荷蘭人的。」我聽得出她的語氣是欣慰的。

「據我所知，因為郭懷一的反抗軍讓紅毛人吃足了苦頭，所以要蓋普羅民遮城，我是被抓來負責挖井，這口井是給商船用的，紅毛人另外有一口井。」

「真是精彩啊，傳說中的烏鬼竟然跟我對話。」阿沙娜夕博士像找到寶藏般問我很多問題，她烏黑的目睭閃亮著一種神采，頗為迷人。

「所以有些傳聞說你們烏鬼是非洲黑人，是誤傳。」

我其實不知道阿沙娜夕博士所說的非洲或摩鹿加群島，我知道的班達島盛產香料沒錯，我從小跟著大人種香料，是一種婦女煮菜用的香料，只是後來荷蘭人出現後，香料不再只給班達婦女使用，還要種給荷蘭的女人用，聽說荷蘭生理人還把香料拿去賣給別的國家的女人用，可以獲得財富。但我到了大員並不是種香料，而是蓋城堡和挖水井，水源豐沛讓我更想念班達島，在那裡我是海裡自由的魚，我可以潛入海裡拿取珊瑚和肥大的魚。

初來大員掘井的工作單調又苦悶，經常被林投樹刺著，手腳都是林投樹的吻痕，直到後來在井邊與美麗的阿沙娜夕相遇，我才開始喜歡大員，我如何能忘記她的唇，那嚼著阿迷希而紅豔如刺桐花的唇，圓圓的烏黑又閃亮的目睭。

「阿沙娜夕，妳跟我在三更半夜聊這麼久，在三百五十年前，妳就得跟我牽手了。」我的目睭直直看著阿沙娜夕博士，或許我很滿足在她身上那殘存的西拉雅風情的臉龐，站在她身旁就像赤崁社的阿沙娜夕陪在我身旁，我抬頭看天空的星星，不知道星星還依然是三百多年前的星星嗎？想來就黯然神傷。

「但是妳有土地嗎？」我的問題讓阿沙娜夕博士和月桃都笑彎腰。

「阿烏，你們班達島也是母系社會嗎？為什麼要問有沒有土地？你的西拉雅情人也是準備好土地要跟你牽手嗎？」

阿沙娜夕博士一番話讓我又陷入痛苦的深淵，月桃也跟著沉默下來，在這恬靜的夜裡只剩下大航海時代殘存的悲劇，荷蘭王若是知道自己的貪婪讓無數原始民族的幽魂在異鄉漂蕩，不知會不會羞愧得無地自容？

三百五十年對一隻黑鬼來說只是一瞬，我在荷蘭時代是被歧視的奴隸，比荷蘭狗還不如，如今是被活人懼怕的鬼魂，無論是過去或現在都無一寸容身之地，在這依然古典美麗的大員暗巷裡漂蕩。如汙水般隨處流竄，在地面匍匐。

「她是打算要跟我牽手沒錯，卻也因為要跟我牽手而遭遇不測……」

我能夠告訴阿沙娜夕博士往日的悲劇嗎？那是我連月桃也不曾訴說過的，對初次見面的西拉雅小姐我卻如此坦白，真是奇特的緣分。

「阿烏，我想多了解祖先，您知道嗎？若是能多了解祖先，別說是鬼魂，就是魔，我也不怕。」

我對西拉雅小姐那種聽故事的熱情有些感動，但是我該如何訴說往事？那如煙往事真的有辦法說得清嗎？但我看著她黑亮的目珠就軟化了，就像看到阿沙娜夕一樣，整個人變得輕柔無比。

「阿烏，告訴我，赤崁社不是愚蠢的一族，十五匹花布就把祖先的地出賣？」阿沙娜夕博士說完，竟然抱著月桃啜泣不已，不知道受了多久的委屈似的。原來她是在研究赤崁社被迫遷離大員的事，那也是阿沙娜夕昔日遭遇不測的根本原因，至今仍然讓我困惑……

那個夜晚阿沙娜夕來赴約，背後不知誰捅她一刀，她倒在普羅民遮城前，而我被不知名的幾個人裝在布袋裡，一路被扛著走一段路，直到被推入井底，從此兩人生死乖隔，她後來怎樣呢？我跌入井裡溺死了如何知道？

要說赤崁社愚蠢被紅毛人利誘，不如說荷蘭人和漢人都太精於做生理，荷蘭人真是厲害的做生意和管理的民族，連要教導婦女整潔都可以設罰錢的辦法，讓西拉雅人和漢人都乖乖打掃環境，大員比班達島乾淨漂亮多了。

「阿沙娜夕，妳的祖先不是愚蠢而是善良。」

聽到我這樣說，阿沙娜夕博士又掩面而泣，赤崁社真的遭受諸多嘲笑，才會讓她這麼痛苦吧？只是面對有槍炮有士兵的荷蘭東印度公司，不是單純的「生理人」，文明還不進步的赤崁社人要如何抵擋？難不成拿弓箭和槍炮對抗？就像把巢築在路邊的笨鳥，那還不如直接去赴死還比較痛快。

「你知道被世人嘲笑愚蠢是多麼不堪的事嗎？」她說：「現在讀荷蘭時代歷史的人都知道這件丟臉的事，我是愚蠢赤崁人的後代……」

阿沙娜夕博士顯然還有話要說，但月桃做為稱職的靈媒通譯，在夜深人靜時已顯得疲累不堪，我不禁憐惜她來，而東方的黎明即將到來……

「小姐，妳若要看看阿烏，要趁著太陽將要升起時去海邊，在海與天交接的地方，他會一閃而過。」

我和阿沙娜夕將在黎明時分離，我仍然無法握著她的手，月桃把她家小姐的手放在我手掌，阿沙娜夕的臉整個變灰色，我猛然抽回手，看了月桃一眼，黯然退到一旁。

我沒有力氣說再會，像煙一樣竄回到井底，陰陽兩相隔，我沉默了，她畢竟不是我的阿沙娜夕。

「老烏鬼，我們會再來。」月桃在古井上頭喊著。

她的聲音在古井底聽來有如老猿在吼叫，千萬不要對著古井大聲喊叫，那對屈身於井底的魂魄是很大的噪音，連心肝都要被撕裂。

沉默了一會兒，一個輕柔的聲音慢慢地說話：

「阿烏，我先走了。」

好熟悉又好遙遠的聲音，波長恰恰可以軟化我的心，低音頻的呢喃似的，像從遠古傳來的消息。

「阿烏，我先走了。」

她又說了一次，我全身變得輕柔，柔到記憶把我帶回溫柔又哀傷的林投樹叢……

那時，紅毛人的船泊在蓊鬱的紅樹林海邊，阿沙娜夕與我在海埔地林投樹叢裡擁吻著，她害羞的臉龐半闔著目睭，一邊用手推開我的臉，我為之沉醉不已，這是班達男人的榮耀，獲得一位赤崁女人的垂青，我禁不住用年少時因為種香料而長繭的手撫摸她黑亮的皮膚，她輕聲哼著、呢喃著，整個海岸都沉醉了，熱蘭遮城堡的微弱燈火在遠處，我放下了離開班達島以來的哀愁，快樂得緊緊擁著美麗的阿沙娜夕，宛如擁著美麗的大員，台窩灣的夜如此神秘，月光灑在林投樹叢外，我全身的靈魂都以她為中心，宛如台窩灣都在我懷抱，她睜開宛如銅鈴的大蕊目睭，情意深深地看著我，從來沒有人這樣看著我，她看我一眼，我彷彿又回到班達島海中的那隻自由的魚，我游向她，她也在我身旁迴游，我們開始一段雙人舞蹈，在月光下，當海岸恬靜的時刻，舞無法停止，時而在海底，時而在紅樹林，時而在海埔地，時而在天，時而在地。

魚游出海面時已經夜深人靜，阿沙娜夕的腿還擱在我身上，我吻著她如山丘的胸脯，她忽然咬了我的耳朵，我從水中醒了……

牽著阿沙娜夕走出林投樹叢，她美麗的臉龐在月光下還看得出紅潮，難以想像平日在稻田裡做穡有如武將的赤崁女人，今晚如此溫柔嬌羞，我好像找到了一生的幸福，在這陌生又熟悉的異鄉，都將因她而變成溫暖的家園。

「阿烏，我先走了。」

阿沙娜夕溫柔說著，那麼輕柔悅耳的聲音，紅樹林和林投樹都側耳傾聽。

「阿烏，我先走了。」她又說了一次。

然後她嬝嬝走上海埔地，往村落方向走去，走了一段路，她回頭對我回眸一笑，整個海岸都沉醉了，我的心如微風飛過紅樹林。

「死烏鬼，你給天借膽，你也想跟擺擺牽手？」一個粗礫般的低沉聲音讓我嚇出冷汗。

然後是一頓毒打，一個又一個，我全身的骨頭和關節都遭受重擊，雙手都給箝制住，肚子狠狠地被痛毆，我想看清楚是什麼人在對我下毒手，黑暗中只模糊看到身影，我本來以為是紅毛的士兵，但是他們一面打一面咒罵，他們說的不是荷蘭語也不是漢語，而是阿沙娜夕的語言，我驚訝得說不出話來，赤崁社向來跟我們印度尼西亞的人是最友善的，何以對我如此惡毒？幾個赤崁社的男人排出獵鹿般合捕的陣式，我頓時成為他們的獵物，這個覺知令我痛苦不已，男人只有在爭奪女人時才會如此拚命，然而在紅毛人的欺壓下，我是奴隸，赤崁社又何嘗不是？獵捕土地母親賜給族人的鹿群，我這個來自遙遠班達島的男人是被迫成為奴隸，而你們赤崁社的男人為了用美麗的花布和絲綢去取悅女人，屈服於利益，甘願成為紅毛人的奴隸？

「呸！」

我倔強的態度激怒了他們，雖然在黑暗之中，我像聞獵物般聞出對方的憤怒，但我不想跟心愛女人的族人為敵，默默承受他們的攻擊，我昂著頭咬牙撐著，一陣拳打腳踢，我的膝蓋被踢得彎曲，頭部已被沉重的物品擊中昏厥過去。

醒來時，我在海埔地的草寮，一個留著鬍鬚的男人在我身旁。

「你精神矣，頭殼敢會閣痛？」

長得又乾又癟的農夫有漢人口音。大員是個混亂而多元的時代，西拉雅人、荷蘭白人、漢人、倭族，白人又來自不同的歐洲地區，尼德蘭、日耳曼、瑞士，大員豐富的文化讓我大開眼界，有些是頭家，有些是奴隸，在我眼裡，不能做自由的魚就是奴隸，我現在已經成為奴隸，還被似奴隸又不似奴隸的番頭家毒打一頓，我想起在班達島海埔地流淚的母親，忍住流淚低下頭。

「無要緊，只不過是皮肉著傷，很緊就會好。」

我身體的傷口容易痊癒，心靈的傷痛怎麼痊癒呢？想到這裡就嘆息不已。

在鬍鬚漢人悉心照料下，我逐漸康復，也才知道他是國姓爺的密探，在大員為國姓爺做內探，他痛恨紅毛人對漢人的壓迫，把漢人從福建招商來大員開墾，大家都是賣命渡過黑水溝，來到大員卻任他們宰割，種種稅讓人難以應付，死愛錢的紅毛人，課人頭稅，本來只課男丁，現在把女人的優惠取消了，自從近來大員的甘蔗歉收，許多漢人面臨失業的命運，當初渡海來大員奮鬥，福建已經無法回頭，在大員又得不到紅毛人的照顧，他只能盼望國姓爺來解救大員的漢人。

「國姓爺是好人嗎？」

「那是當然喔，他誠照顧福建一帶的做穡人，他若來大員對咱是上好的代誌。」

原來國姓爺真的如傳說的神奇偉大，但是在我的紅毛頭家眼裡，他只不過是一個有權勢的海賊，那其中的利益糾葛，我隱隱約約聽紅毛人說，但也聽不大懂，在我眼裡，那就是跟在班達島一樣，為了爭奪香料，要用槍炮來搶奪，我們班達人沒有槍炮，被迫向紅毛人低頭，如果國姓爺能夠重用我，或許我能脫離奴隸生涯，為心愛的阿沙娜夕創造美麗的未來，讓她過上好日子。

「鬍鬚大兄，你說國姓爺會重用我，是真的嗎？」

鬍鬚大兄拍胸脯保證，只要我能幫助他在大員替國姓爺效力，像我這麼出色的剽悍男人前途無可限量。我聽信了鬍鬚大兄的說法，在傷勢好轉後立刻回到紅毛頭家那裡，我因為無故失蹤而被罰關禁閉，還要扣工資，我沒有動怒，因為我懷著一個更遠大的理想，那個理想是我為阿沙娜夕的幸福所付出的風險，但也是無限的轉機。

多日未見，阿沙娜夕擔憂得消瘦了，她說她還是去田裡做穡，心裡卻無時無刻不在憂慮，她聽到族人痛打我的消息，他們警告她不可跟我「牽手」成親，必須立刻「放手」分開。

「阿沙娜夕，給我一個承諾，妳願意跟我共度未來嗎？」

「是的，我願意，雖然我尚未稟告母舅，但我是赤崁的擺擺，我的土地可以讓你幸福。」

「土地是無法長久安穩的，權勢才能讓我們平安幸福。」

我比赤崁社的人更早體會土地的脆弱，班達的香料讓我的族人失去自由，大員的鹿群也讓阿沙娜夕失去和平的生活，我要為美好的未來奮鬥。阿沙娜夕知道我要為國姓爺效力後頗為吃驚，她覺得漢人是不可靠的，他們奸詐狡猾，赤崁人的土地常被他們侵占，在她眼裡漢人跟紅毛人都是可惡的。

我不想辯論這些，班達男人一旦承諾就是承諾，不能反悔，我看著她美麗又擔憂的目睭，心裡更加堅定為她奮鬥的力量……

「老烏鬼，你還不上來啊？」

月桃的猿吼功讓我回到現實，我又從井底竄升上來，站在月桃面前，她是我在現世的溫暖聯繫，一見她我就笑了，爪哇女人還是有她獨特的風情，讓我離開失去阿沙娜夕的憂傷獲得慰藉。

「我家小姐要跟你講話。」

阿沙娜夕博士從黑暗中現身，我愈來愈能分辨她和我的阿沙娜夕不同，她帶著眼鏡，沒有阿沙娜夕黑又圓亮的目睭。她的學識豐富讓我尊敬她，她帶來的舊日重現讓我感激她。

幾次的歷史交流，我把塵封三百多年的往事慢慢對她全盤托出，她一邊錄音一邊寫字，她一下子交代月桃慢慢講，一下子調整月桃的麥克風，月桃也忙個不停，我感到很有趣，以前那個阿沙娜夕手拿的是鋤頭，現在這個阿沙娜夕手拿的是筆。

「所以荷蘭人跟國姓爺的海戰之後，你變成國姓爺的護衛？」

「是的，我為愛而戰。」

「哎呀，我的阿立祖，你還是國姓爺跟前的統領，這真是太酷惹。」

「我投效國姓爺卻為阿沙娜夕族人帶來災難，他是個愛恨分明的人，他痛恨西拉雅人幫助紅毛人跟他對戰，議和之後，就對西拉雅人報仇了。」

阿沙娜夕因為跟我相戀，被族人視為不祥的女人，我們在她族人被殺戮的悲劇後，打算乘船偷渡回班達島，不料卻因此喪命。

「到底是誰殺害你們？」

「我至今仍然不知道，有可能是阿沙娜夕的族人，也有可能是國姓爺的人。」

「你們鬼魂不是什麼都知道嗎？很多人要求樂透的號碼就去求鬼。」

「因為執著，不得解脫。」

「阿烏，現在你解脫了嗎？」

一次又一次跟阿沙娜夕博士做歷史傾訴，我的靈魂確實獲得解脫，相對的，她似乎也從我這裡獲得解脫，她不再認為祖先赤崁社人是愚蠢的一族，她的臉龐顯現一種安適的神情，好像是一種新生。我可以理解那種心境，如果紅毛人來到班達島，我們班達男人都不曾拿起獵捕的弓箭抵抗，那也是百年羞愧的事吧，我們班達島不只男人反抗，連女人都起來反抗，無奈不敵槍炮的威力，但我們畢竟努力過，不是坐以待斃。

的確，無盡的黑暗只須一些光明就得解脫，無盡的歷史只須一些理解就得解脫。那麼，是赤崁社人或是國姓爺的人對我痛下殺手有何差別？我與阿沙娜夕都已經成為亡魂，成為海埔地的一粒沙，成為歷史長河裡的一粒沙。

黑暗中被人砍了一刀的阿沙娜夕早已經死了，無論她後來有怎樣的命運，在我溺水的那一刻，她就跟我成為兩條路上的人。

「也許她後來跟著族人遷徙到了隙仔口一帶，成為我的祖先。」

阿沙娜夕博士講到這裡，驚愕得住口。我忽然想著，如果那個月圓之夜的林投樹叢裡的野性婚禮，有在阿沙娜夕寶貴的子宮孕育了生命，我的班達強悍精子跑得夠勇猛，追上赤崁女人的溫柔卵子，精子親吻了卵子，那麼此刻站在我面前的阿沙娜夕博士便是我……

「我了解了……」

阿沙娜夕博士囁嚅說著，她拿下眼鏡頻頻擦淚，抱著月桃放聲痛哭，月桃也放聲大哭，兩個女人哭成一團，井邊的風呼嘯吹著。

「阿沙娜夕，我的孩子……」

黎明又將到來，分離的時刻又將到來，我的身體變得愈來愈輕。

「阿烏，我真想看看您，抱抱您。」

阿沙娜夕博士含淚說著，我看著她美麗的臉龐，轉頭對月桃點點頭。

在她們的協助下，我來到天與海的交接處，等待著黎明到來，在清晨粉紅與藍色的海邊，過往的歷史轉成對祖先的感恩，阿沙娜夕博士目不轉睛地看著我的方向，當她的臉色逐漸從灰色轉成粉紅時，我的身體卻逐漸輕如羽毛。

「阿烏，我看見您了！」

當朝陽開始從山丘東升，海邊的光線使得天空由粉紅轉成橘色，阿沙娜夕博士衝過來抱住我，我的身體承受前所未有的撞擊，也感受到前所未有的溫暖，有一種前所未有、家的感覺從我心中升起，我撫摸著阿沙娜夕的頭髮、額頭、眉、鼻子、唇、手、膝蓋、腳趾頭，最後懷抱著她，如同懷抱著初生的嬰孩，感謝天神，感謝阿立祖。

「再見，阿沙娜夕！」

親情的溫暖只有一瞬，對我這樣一個流浪異鄉的黑鬼卻已經足夠了。

我轉頭看看月桃，對她點頭一笑。然後緊緊抱著懷裡的阿沙娜夕，我感覺背部的溫暖，陽光從山丘照到海邊了，我的身體輕如微風。在擁抱中，我看見穿著白衣白裙，我的阿沙娜夕頭戴著圓仔花花環，她的美麗依舊如我們在井邊的邂逅，她懷抱著一個包裹著花布的嬰孩，對我微笑著。

海埔地的陽光落在阿沙娜夕和月桃身上，海邊的風吹著兩人的長髮，清晨的海邊如此恬靜，一隻綠色的金龜子慢慢飛過糞堆。

寄生女人

一

「濾過性病毒其實不是細菌，可以說是類似生物界邊緣的微生物，對生物界卻有無所不在的威脅。」

我看著研究報告，認真讀著，就在印度紫檀樹下坐下來沉思。印度紫檀樹上一群樹鵲聒噪叫著，嚇了我一跳。我回過神來繼續思路的遊歷，簡單地說，濾過性病毒就是生物界的邊緣人，我知道有社會邊緣人，沒想到生物界也有邊緣人，這倒值得探究了。

科學界對於濾過性病毒，外觀上是用形狀來區分，以方便辨識；脊髓灰白炎毒是球形，煙草鑲嵌病毒是桿狀，寄生細菌的濾過性病毒是蝌蚪狀，有點像倒立的電燈泡，因為專門以細菌為宿主，所以又有一個殺手級的名字叫「噬菌體」。

我在心裡一直回想著生物界的邊緣人，樹鵲卻一直在樹冠下方叫著，我把牠們的叫聲當作是對我想法的認同。

最後一種蝌蚪狀寄生細菌的濾過性病毒「噬菌體」，像倒立的電燈泡。我喜歡這帶有庶民趣味的說法，引發很多圖像的想像空間。

一整天我都處在濾過性病毒的氛圍裡，那是很吊詭的情境，弄得好像我身上每個毛細孔都有小病菌想衝撞進來，每一根汗毛都豎起來枕戈待旦。我稍一不注意或是一回頭，一股冷風就灌進毛孔中，好似被濾過性病毒入侵了，我全身起雞皮疙瘩，身體每一根汗毛都處在恐懼之中。

「晨水匾，貪汙腐敗，混蛋該死，下台下台下台下台下台，下！台！」

電視畫面中，一位穿著紅夾克的老伯濃濃的山東口音喊得聲嘶力竭，我被那好幾聲連珠砲似的口號嚇到。又是族群的對立問題，這已經是台灣人的家常便飯，台灣人真的是吃飯配政治。但是最近我聽了卻像中了濾過性病毒般，覺得快要頭痛打噴嚏了，我全身汗毛又豎立，我能覺察到一根根小汗毛的恐懼，我又起雞皮疙瘩了。

我渾然不覺自己走到窄巷裡的麵攤，叫了十二個高麗菜水餃和一碗酸辣湯。低頭吃了一個水餃下肚，我猛然驚覺這個食物其實是外省族群帶來台灣的，我是讀小學時從鄉下搬到城市後開始懂得吃水餃喝酸辣湯，一吃竟然上癮了，我對水餃和酸辣湯的喜愛，絕不輸給台灣小吃碗粿或筒仔米糕，這水餃呼嚕呼嚕一吃就是四十年了。

食物的地域差異說不定有吸引力，像異國戀。我很好奇，紅衣老伯會不會和我一樣，對台灣小吃碗粿吃上癮？還是我的心地開闊，連吃食都不忌地域差異。而紅衣老伯的心窄化，連吃食都固守家鄉小吃？然後我馬上想到自己這樣揣想很不道德，無形中自己也在加深族群的裂痕。

「我喜歡看歌仔戲，好聽啊。」

大樓管理員陳伯伯老邁而溫潤的聲音推開樹鵲灌在我腦海的記憶迴路，柔聲地說。陳伯伯是山東人，卻對楊麗花歌仔戲的著迷，整棟大樓都知道，常常我經過警衛室，還會聽他哼哼唱唱，那個著迷勁也不輸我老媽。真奇怪，陳伯伯不迷凌波黃梅調卻迷楊麗花歌仔戲。

我腦海中浮現許多人影，載浮載沉，外省郎、台灣娘、芋仔蕃薯仔。一個看似陌生的細菌卻和我息息相關，這未免有點可怕，就連我的高職同學梅也和我的命運相關聯。在地球的環境鎖鏈中，沒有人是完全獨立的，在這些個別的物體之間有一條無形的鏈子，把一個個小物體接連成一個大物體，只是小物體並不自覺，還在自己獨立的空間裡沾沾自喜、自得其樂。

「我最討厭台語電視劇，沒水準。」

高職同學梅的聲音又推開陳伯伯哼唱歌仔戲的聲浪，跑出來嗆聲。自從梅的老公去中國變成台商後，梅大熱天穿著改良式旗袍和我們高職同學聚餐吃日本料理，梅高衩的旗袍跨騎著摩托車的滑稽模樣，讓我多看了幾眼。

「換了個黨執政這幾年，究竟做了什麼事！經濟搞成這樣，都是這些政客，不然我老公也不會去大陸。」

梅的紅唇一開口就是對政治的抱怨，塗得辣椒紅似的唇一張一闔有點嚇人，弄得我有點倒胃口不想吃生魚片，把幾片鮪魚肚生魚片放到梅的盤子裡，覺得生魚片似政治的腥味，我寧可吃吃炸蝦就好。

日本料理店中午的聲浪很繁複，上班族吃商業套餐談「錢進中國」，外食族母女檔正在鬧情緒，有罵執政黨的，有罵在野黨的，中間夾雜著媽媽罵小孩的哭鬧。梅的家庭與政治糾葛的混聲罵陣，不由得提高嗓子，我的汗毛又豎起來，我想，得趕快走，不然會頭痛打噴嚏。

「我明天要去深圳。」

「什麼？生疹子？德國痲疹啊？」

「深圳啦，妳才出疹子咧。」

我是故意的，每次和老朋友聊天碰到不想談的話題，我就開始裝聾作啞，效果不錯，每次都可以把話題止住。自我從高雄搬回台南後，我和台南的老同學經常上演這種戲碼，彼此也心知肚明不說破。

我發現我和老同學的政治理念不同，真奇怪，在高雄我有一大票政治理念相同的綠友，沒想到回府城，老的綠，少的藍，我的耳朵經常變換聲音的 key，藍的 key 悶沉，如縷如絲；綠的 key 洪亮，如雷貫耳。

「妳高職同學都是藍的哦？這些吃台灣米的台灣人，真是顛倒。」

老媽的聲音又推開梅的聲浪進來嗆聲，我每次要招待朋友去家裡，都要先聲明爸媽是深綠，電視櫃上有現任總統阿匾的玉照請多多包涵。高職同學都是撇嘴搖頭，高雄來的朋友則會心一笑。

DNA 的形狀像兩條螺紋線交錯，互相扭曲卻有一點美感，這要用繪畫來表現才傳神。

我又在回想那份研究報告，運用在政治上倒是不錯的象徵。我覺得朋友的藍綠不同政治色調，也是互相扭曲，但是有美感嗎？我高雄的朋友都是環保或文史工作的志工，會犧牲假日去為反核廢核走上街頭遊行。我的高職同學卻是穿著改良旗袍，躲在咖啡廳喝拿鐵罵民晉黨。我寧願尊敬高雄的綠友，也懶得理像梅那樣的台商大老婆，安慰她老公不會在中國包二奶。

「當被寄生的宿主軟弱無力，寄生病毒就肆無忌憚地搞破壞。」

研究報告又如雷貫耳入侵我的腦海。

「妳同學為什麼變成這樣？妳以後少和她們來往。」

二、三十年來，老媽和我的高職同學很麻吉，同學一向都喜歡我待人熱情的老媽，自從上次梅的老公在老媽面前批評民晉黨的鎖國政策搞垮經濟後，老媽就對我的同學冷淡了。

「唉，彼藍的，卡麥來ㄟ。」

我很訝異老媽的反應會這麼激烈。

「外省郎講他是中國人，彼也閣情有可原，台灣人講家己是中國人，讀冊讀到腳介片上了。」

我覺得老媽說得不無道理，但是老爸馬上跳出來訓斥一番。

「噓，這個在家裡講就好，出去不要講，妳每次去公園都喜歡亂說，這附近是蟲會國宅，很多外省人，萬一被聽到就……」

「就怎樣？會被槍斃啊？什麼時代啊？」

老爸只要一踢館，馬上就被老媽高昂的聲調搶去調子，嘻嘻，我想我家真的是平埔族母系社會，女人聲勢比較強。但是我不想加入父母親鬥嘴鼓的戰局，趕緊躲進房間繼續研讀研究報告。

「美國科學家最新的研究發現，寄生細菌（是一類共生性的立克次體）會將基因轉移到複雜的有機體中。因此，我們得當心體內的細菌會悄悄竄改我們的基因喲。寄生細菌（Wolbachia）將其全部基因代碼都置入它們的寄主果蠅身上。這個突破表示基因可以在不同的物種之間轉移，這就叫基因橫向轉移。」

「寄生細菌」不就像台灣的山林被蔓澤蘭寄生一樣？社會有寄生蟲，生物界也有寄生細菌，這種微妙的關係是我最近更體認得的周遭事。這個發現現在卻讓我不怎麼快樂，山林被寄生植物入侵，台灣社會也充斥著寄生細菌啊！

形狀像倒立的電燈泡，倒立的形狀說明這種細菌善於偽裝。

不再想這些讓人煩心意亂的事，我想吃個輕食點心，從房間信步走到廚房，聽到客廳傳來一波波的政治聲浪，電視裡三粒電視台的「台灣第一凍」正在高談闊論。我想爸媽一定又在看「大畫新聞」節目，不時聽到顧面黨和民晉黨的語詞，我的汗毛又開始悄然豎立了。

我輕步走到客廳，老爸和老媽正窩在被窩裡看電視，一條大花紅的棉被蓋著兩個年紀加起來近一百六十歲的老夫妻。我忽然心疼起來，我們兄弟姊妹從離開台南念大學開始，到離家在異鄉工作。這一路走來流浪人間近二十年了，這二十年父親和母親都是獨居台南老家，身邊沒有一兒半女的侍奉，想孫子時只能拿起電話打到遙遠的台北，孫子長孫女短地用很破的北京語寒暄，等的就只是一句阿公阿嬤的呼喚，常常等了半天，台北孫子連一聲「阿」字都不肯叫。

「均均，叫阿嬤，泥叫阿嬤，偶的乖孫。」

台北孫子一年看不到阿公阿嬤三回，沒有住在一起，被動的感情交流顯得生硬。父母親四個孩子當中最優秀的女兒就是大姊，T大畢業，是兩老最光榮的驕傲，偏偏嫁的是個外省郎，大姊出嫁三十年後政治上變成淺藍，竟和二老對立。這幾年姊愈來愈不喜歡打電話回台南，因為老媽一開口就是政治長政治短，姊最怕聽政見了。老媽經常失望地放下電話，把注意力專注在政論節目上，至少政論節目不會對她嗆聲。

我看到兩老肩靠肩窩在沙發上，蓋著那條加大型的大花紅棉被，看政論節目看得津津有味，邊看邊罵，我忽然覺得心酸起來。但聽二老的罵聲充滿力量，又讓我感到安心，至少表示二老的身體還不錯，才有力量大聲罵人。每天老媽清早在巷子裡掃過地，就和隔壁歐巴桑在罵藍黨，兩雙老花的眼睛一說起政治整個都亮了。

我離婚後一直避免回娘家，怕觸犯了府城傳統習俗的大忌，如果不是因為母親這兩年長期失眠，我也不會從高雄搬回台南陪老人家住。

「媽，姊和姊夫回來過年時，妳不要再講政治的代誌，姊會無歡喜的。」

「我驚她無歡喜？她是我生的，是台灣人的查某囡仔。」

「台灣女兒又有什麼用？已經是外省媳婦了，妳上次說如果她台北市長敢投票給藍的，就是不孝順，她氣了好久不打電話回家，妳又忘了？還有，姊夫在的時候不要說本省外省人的，知道嗎？很不禮貌呢。」

「台灣人嫁給外省人，一定跑票，票會投給藍的；外省人嫁台灣人，票也是投給藍的，不會跑票，是咱台灣人教育囡仔失敗。喔，不是，是顧面桶的奴隸教育成功。」

「媽，妳什麼時候變得這麼政治？人家老媽媽都是吃齋念佛，哪像妳這麼政治？」

「妳反了妳，妳是不是交到外省郎男朋友？又要像妳大姊變成藍的？我真的歹命，生到這種不孝子。」

「沒啦，我只是覺得妳這樣太偏激了，妳說外省人，那姊夫怎麼辦？均均和珊珊怎麼辦？」

我的頭又痛起來，和老媽的話題已經三句離不開政治，我可以理解姊的不悅，媽口口聲聲罵的外省人就是姊的丈夫，姊能怎樣？我也沒想到和母親的情感交流必須透過政治來交心。每次只要我讀報紙上綠的政治人物的新聞給老媽聽，老媽就眉開眼笑的，只要說到族群融合的言論，老媽就罵我的心肝已經反了，讓我哭笑不得。

「政治本來就是生活，妳不知道嗎？」

老媽這句話倒是頗有智慧，但是我實在厭倦整天離不開政治的氛圍，偏偏老媽一邊踩裁縫車一邊聽電台節目，她的日子全部都是政治話題，有時候我看老媽一個人守著偌大的客廳，身邊只有一台收音機陪伴著她，收音機不時說著政治話題，老媽卻歪著頭睡著了。

藍綠的對立卻像蔓澤蘭一樣入侵老百姓的生活了。或者，寄生細菌也會如蔓澤蘭那樣，最後把植物宿主綑死？

二

梅從深圳回台灣，我去看梅，其實只是聽她訴訴苦水，沒想到梅真的是一肚子汪洋的苦水。

「我看我老公大概也有了，一切都跟以前不一樣了。」

「有了，妳是說包二奶？不會吧？他那麼老實顧家的人。」

梅一反常態的靜默。梅還是穿著改良式旗袍，顯露出發胖的身材，屋子暗暗的，自從她老公去中國後，她經常關著大門，屋子總是幽幽暗暗。這時看不清她的眼神，只是聽到她幽幽的聲音。

「妳不知道我每天都在等他打 Skype，每天，每天，每天，每天，每天，每天，每天……」

到底真實情況如何？梅就不肯說下去了，我無端地又想起那份研究報告，當被寄生的宿主軟弱無力，寄生細菌就肆無忌憚地搞破壞。

我希望梅能堅強，可不要發生什麼不幸的事端才好。

「妳放心啦，我才不會去自殺。」

我看著梅穿著旗袍的身影，忽然感到一種難以形容的悲哀。梅的難題必須自己去面對，我幫不上忙。

「前進中國是全世界的趨勢，我七年前就想去了，只是放不下兒子，現在兒子上大學了，我也就無所顧忌了。」

我想起梅的老公對我說的話。無所顧忌，難道也包括婚姻嗎？但我記得梅的老公其實不是因為政治理念而去中國，純粹是「錢進中國」，因為他說如果外語能力好的話應該去印度，這幾年印度和越南猛追在中國的經濟火線後面。

「想開點，可能是妳胡思亂想的啦。」

梅出奇的沉默，只是苦笑著。

離開梅幽暗的家，我一個人單騎奔去府連路的「深藍咖啡」吃千層蛋糕，有心事時最適合吃甜食暖胃。原味的千層蛋糕上面淋上一小匙橙黃色的橘汁，真是人間絕品美味。喝完洋甘菊加薄荷的熱茶，我還是想到沉默的梅。我騎著單車繞了一圈成大大學城周邊綠帶，離開台南二十年再回來，台南的感覺越來越像歐洲，市民們下午就在路邊蒼鬱的樹下喝咖啡聊天，我舊家東豐路的改變更大，從前的違建平房拆除後變成木棉道和阿勃勒樹海，春天的火紅和金黃讓我漸漸重新愛上家鄉了。

我回到家把單車放好，就趕快跑到廚房向媽媽報告梅出事了。

「活該，誰叫她老公要去中國，我不信台灣就沒工作。」

我很驚訝老媽這麼冷酷，氣得關掉老媽的收音機，電台節目正在罵藍的總統候選人下鄉 long stay 是假仙，這些電台一天到晚挑撥藍綠的族群分裂，那種一點一滴的洗腦很可怕，從前是顧面黨洗腦，現在是兩個政治族群的對決洗腦，看誰的廣告手法厲害。連《雲州大儒俠》裡的藏鏡人與史豔文都有完結篇，政治上的藏鏡人與史豔文何時才有圓滿的完結篇……

「藏鏡人會改邪歸正，顧面桶不可能返忠變好人啦。」

我聽老媽這麼說時，嚇了一跳。我在大學畢業前一直認為自己是中國人，直到畢業後到報社工作才慢慢認同台灣土地。而媽媽呢？媽媽卻是因為寂寞又不識字，聽了二十年的電台節目慢慢轉變成深綠的。

「誰說的？我小學讀日本冊，我早知道我是台灣人。」

我回頭看老媽那台紅色的老舊收音機，赫然發現那是我前夫大學時買的，老媽是從哪裡找出來的？我想母親一定是因為惜福，不然怎麼會用這台她討厭的前女婿的物品？

「這是兩回事啦，收音機還可以聽，為什麼要丟掉？」

我覺得啼笑皆非，原來是前夫的收音機讓老媽變成深綠的台灣阿嬤。

三

我接到梅打給我的電話簡直難以置信，從深圳回台灣不久，梅發現她得了乳癌，讓我更加難以接受的是梅不想告訴她老公。

「為什麼呢？他應該回來照顧妳啊。」

梅堅持不讓在中國的老公知道，讓我陷入道義的兩難，我究竟應該尊重梅的意願還是偷偷通知她老公？癌細胞又是何時侵入梅的身體？

「當被寄生的宿主軟弱無力，寄生細菌就肆無忌憚地搞破壞。」

這個研究報告的聲浪推開一切雜音進入我心裡，一字一句像敲響我渾沌心海的洪鐘。

「一個沒有國家的人，其實是很軟弱無力的，外交上任由別人肆無忌憚地欺負。」

老爸的聲音推開我的心門。的確，我想人生真的很諷刺，梅的病和台灣的族群對立的病有相似處，而那份報告又恰恰做了最好的隱喻。

我想為什麼梅會被癌細胞入侵？是不是因為她的心靈其實是軟弱的，梅想學中國娘穿中國的國粹服裝，卻正好暴露她中年發福的體態，她一直努力讓自己變成中國娘，如今卻被正牌的中國婆娘擊潰了，真正的潰不成軍。

「台灣人若是不做自己的主人，那命運只能任人擺布。咱們是有幸生在這個可以建立自己國家的時代，這種歷史的時刻又不是常常能碰到。」

老爸獨特的見解如大聲公，可以放在這個時代昭醒世人。

我又千囑咐萬交代爸媽，梅來喝下午茶時，不可以提一個和政治有關的字，一個字都不准提。圍著圍裙的老媽馬上點點頭，老媽自從知道梅罹患癌症後，對梅又恢復往昔的熱絡，還會打電話邀請她來家裡吃晚餐。

我花了時間認真研究寄生細菌的報告。原來寄生細菌一旦找到宿主，牠會融入宿主體內，然後肆無忌憚地搞破壞，甚至改變宿主的 DNA。用俗話說，就像本來只是要 long stay，最後卻把人家的家給侵占了，喧賓奪主。

原先認同中國的梅現在還會認為自己是中國人嗎？我無從知曉，因為我不問也不許老媽問，老爸則是一聽到梅要來就藉口去公園散步，去尋找他的一票綠兄黨弟，談他的獨立夢建國情。

儘管政治理念不同，畢竟梅還是老同學，梅的父母已過世又沒有兄弟姊妹，老公在中國，兒子在加拿大念大學。陪伴梅去醫院開刀和做化療的居然是我，人生想來有時真的很惘然。

接下來我的時間都給了梅，開刀拿掉左邊乳房後的梅比以前更加沉默。之後做化療的副作用頗厲害，又是噁心又是吐，我覺得梅的心理作用大於生理，梅撫著心肝嘔吐時，倒像是要吐掉什麼心事似的。

「我那次去深圳時，是想給他一個驚喜，還特地在他上班時間到，想先在家煮好晚餐讓他一回家可以吃到老婆煮的菜。」梅陡然拉下一撮頭髮，又說：「我開門進去時，聽到臥房裡有怪聲，我打開房門，看到他和一個中國女人在床上，那個女的看到我，一點愧色也沒有，真是不要臉。那女人一直用手勾著他的脖子，得意地笑。」

我沒想到梅上回去深圳是遇到丈夫與情婦的歡愛場面，真是情何以堪？這種電視八卦節目經常在討論的兩岸婚姻問題，如今真的上演時卻讓我覺得不真實，像戲劇，好像等會兒有人會喊「卡」，一切都是假的。然後梅和老公又一如往常的恩愛，我就不必背負這個沉重的兩岸政治問題。沒有人是完全獨立的個體，梅的問題竟然也會走入我的生活，好像那個陌生的中國女人也走入我的生活一樣，這讓我禁不住全身打冷顫，毛細孔又彷如迎敵般豎立。

原來海峽兩岸的戰爭不在戰場而是在床上啊，我想著不免啞然失笑。

梅怎麼能這樣就認輸？要迎戰中國女人啊！

「妳知道那個女人有多年輕，身材有多辣嗎？」

梅連想都沒想就搖頭，本來電視是開著，一播出阿匾總統參加南部縣市活動受到民眾歡迎的畫面，坐在床上虛弱的梅竟爬起來關掉電視。

「都是他害的，如果不是他把經濟搞垮，我老公也不會去大陸，我恨死他了。」

我聽梅這麼說，眼睛瞪得大大的，什麼話都說不出來。

原來寄生細菌真的一旦找到宿主，牠會融入宿主體內，然後肆無忌憚地搞破壞，甚至改變宿主的 DNA。梅那台灣人的 DNA 也許已經被改變了？再回想她先前穿著改良式旗袍，一舉一動其實都是有象徵意義的，唉，我還顧念著同學舊情照顧梅，梅卻已經不是台灣人了。

「等我做完化療，我要去上海做生意，比他賺更多錢。」

聽到梅說這句話時，我看看梅快掉光的頭髮，我忍不住流下淚來，我轉頭不讓梅看見。

「這些年我存了幾百萬，去上海做個什麼投資沒問題的，妳就來幫我做企劃……」

我沒有答腔，把梅的人參雞粥煮好放在餐桌上，梅已經虛弱得睡著了。

寄生細菌又是怎麼找到虛弱的宿主呢？我很困惑。

那些沒有人生目標，飄飄蕩蕩，流流浪浪，慼慼惶惶，幽幽忽忽，過一天算一天的靈魂是最好寄宿的物體，因為空虛啊，飽滿的靈魂哪有空位讓其它物體容納？像梅這樣沒有臉孔和靈魂的身體，不就像荒煙空地，生命力旺盛的野草馬上播種進駐，同樣的道理啊。

我又全身汗毛豎立了。還好，還好，我可是有目標有文化內涵的豐富靈魂。我記起來有個大學學姊也是得乳癌，那學姊是經常苦等好賭的丈夫等到黎明天亮。是那種錐心刺痛的恐懼或幽怨讓人生病的。梅之前的闊氣只是用金錢來填補丈夫離開的空虛而已，她內心的不安和不確定感瞞不了自己的。因為每一分不安都通透到骨子裡，每一分恐懼都灌透到毛細孔裡，每一分空虛都流灌到血液裡，她的朗聲爽笑只是貼在皮膚的假皮罷了。

四

我回家看到老媽，什麼話也說不出來。老媽卻慌慌張張地說：

「妳親家，妳大姊的公公中風，我要去台北看他，我們都去看，妳去買火車票，真是的，妳大姊隔這麼久才說。」

我覺得老媽很善良，姊的公公一向瞧不起台灣人，對爸媽態度冷冷的，姊的婆婆卻相反的非常熱情。現在是親家公中風，媽居然馬上就想北上去探望，完全忘記往昔他的冷腸冰肚。

「妳這孩子怎麼肚腸這麼窄？有量才有福，我是火爐仔性，過了就算了，哪記得了那麼多的仇啊？」

我感覺老媽生命裡連細胞都熱情無比，熱情細胞？會不會這就是生命的密碼？

「哎，別發愣啊，我們坐高鐵好了。」

老媽這回真的是急了，平日像她這麼節省的人，連一杯白開水都不忍多倒，喝多少就倒多少，多一點也不行，怎麼捨得坐高貴的高鐵，老媽直叨唸著要緊要緊去。我在一旁忙著安慰，老爸不用說是不會去的，他藉口腰椎又痛就逃掉了。我猜想老爸是因為幾年前和親家公說話起衝突而不想去，爸竟然還記得那件事，男人居然比女人還會記仇？

我和老媽趕到台北又轉捷運去台大醫院時，已是晚上八點多，姊的公公虛弱躺著，不算嚴重的中風。親家公看到我們來訪竟然在流淚，他的臉紅紅的似乎很激動，親家母則握著老媽的手直道謝。

兩個女人寒暄時，一個是台語加不流利的北京語，一個是北京語加不輪轉的台語，我在一旁忍不住想笑。看到親家公在流淚，我覺得老媽這次北上真的是對了，親家公都感動落淚。

老媽看著親家公流淚竟然也跟著掉淚，老媽的感情真的是豐富。

我看親家公頻頻激動落淚，也很不忍心，以前他對我們這個南部親家是那麼看低，姊說親家公從前在大陸上是地方望族，自然驕傲慣了。但是望族也沒什麼大用，退居到台灣只是個少尉退伍的小軍官，姊夫讀大學和研究所都是自力救濟，和姊結婚時還在償還欠同學的借款。

現在躺在病床上的親家公虛弱的樣子又讓我想到梅，我不在這幾天，梅得自己照顧自己了。

老媽在醫院也累了，還好姊很快來接老媽，我舒了一口氣。姊告訴我：「公公中風剛好動到一根神經，主管情緒的，所以講話激動就會哭，會流眼淚。」啊，親家公的流淚不是因為感動而是神經運動？我忽然覺得啼笑皆非，想到老媽常說的話，顧面桶的是不可能返忠的。

我叮囑姊不要告訴老媽這件事，就讓老媽以為親家公已經返忠認同台灣人吧。

姊夫看到老媽倒是很真心地高興，他的台語進步很多，不過還是常和老媽抬槓鬧笑話，老媽在家裡管老爸習慣了，看姊夫回家一直看書到十點還沒洗澡，就嘮叨姊夫做事拖狗皮，姊夫沒聽過這個俚語，滿臉疑惑地問誰家的狗怎麼了？我忍不住笑得很大聲，我覺得如果外省人都像姊夫，那還是可愛的，有趣的是姊夫選舉投票給綠營，是為了讓丈母娘安心，你不難想像老媽在選舉期間多麼勤快打電話拉票。但是姊卻把票投給藍營，我覺得姊是衝著老媽從小到大控制權的一種反制，姊不喜歡媽連選舉都要管，她投藍營的票是對老媽無言的抗議。姊不知道她這麼做讓媽多麼傷心、自責家教失敗。

政治是這麼複雜的事啊！我想自己回娘家，至少有一件事讓老媽很高興，我和老媽都是挺綠的，只是深淺有差異。我覺得老媽最值得敬佩的是，深綠的她願意照顧和接受深藍的梅，那是台灣人良善的本質，在老媽身上表露無遺。

老媽和我回家時坐在自強號火車上，老媽頻頻回味著親家公感動落淚的一幕，我還是不忍心拆穿戳破，就讓她記得親家公這個模樣，即使是謊言也是美麗的吧。

五

梅的臉色越來越差，有一種灰濛濛的色調籠罩著，那層灰暗是我拂不去的。每回去照顧梅對我來說也是一種考驗，甚至是折磨。梅變得脾氣很壞，看到電視有關綠的新聞就開罵，有時竟然罵連環髒話，讓我嚇一大跳。梅現在就像那回電視上那個紅衣老伯罵街的樣子，而我還得服侍梅。老媽卻勸我要多忍耐，但是當梅用盡所有髒字眼罵綠營時，我忽然頓悟梅其實是在罵她在深圳看到令她傷心驚嚇的那對欲望男女。我忍不住抱著梅拍著她的背，然後她就像嬰兒那樣嚶嚶啜泣。

當宿主被寄生細菌破壞殆盡時，又該怎麼扳回劣勢呢？

「妳放他走吧，留下來，不要再想去上海，台灣是妳的家啊。」

梅愣愣看著我，一臉茫然。

「乳癌又不是完全無法治療的惡疾，妳要提起勁來抗癌。」

梅的神情是絕望的，有時候我很害怕她那種絕望的神情，任憑我如何安慰勸諫，她的病情卻似乎沒有起色。

當宿主自我放棄時，寄生細菌的竄生蔓延是迅速而無情的。

我知道只有梅的老公才能讓她起死回生，我還是偷偷通知她老公，算算日子，那個男人已經將近一年沒回台灣了。當他接到我的電話時，不只訝異而是震驚。

「我很想回台灣看她，但是這裡……這個……她懷孕快生了，我不方便……」

接下來我的震驚混合著憤怒，讓我大罵了聲幹，中國那邊電話迅速切斷。我不知道梅的家庭出了什麼事？兒子去了加拿大唸書不回來，丈夫去了中國經商也不回來，難道他們不知道台灣是他們的家園？喔，梅不認同自己是台灣人，我差點忘了。

梅灰濛濛的臉色讓我很憂慮，我有時就睡在梅房間的沙發上，常常猛地醒來，察看梅的情況，又昏昏睡著……

怎麼回事？我突然變得很小很小，小到可以進入梅的體內，不就像細菌嗎？我看到的情形讓我驚嚇至極，無數烏黑濁臭的倒立燈泡形狀的細菌壓擠著梅的胸腔，那千千萬萬的黑菌就是寄生入侵者嗎？我躲在一條微血管後面不讓牠們發現，繼續觀察牠們，牠們似乎正在協力合作，噬咬著什麼，真是令人瞠目結舌。牠們是靜默的，看似分散的動作卻有一致的目標，那合作尋著難以置信的軌跡，彎轉曲折，啊？不對，那是一條通往腦部的路徑，天啊！我忍不住驚聲尖叫，牠們回頭發現我，用毒惡的眼神注視打量我，正準備對我發動攻擊，我趕快拔腿就跑，牠們窮追在後，我一踩空掉下血液的洪流……

「我想喝水……」

我滿頭大汗，發現自己剛才只是陷入惡夢。但我還是下意識毛細孔張得大大的，嚴防濾過性病毒的入侵，我聳聳肩又左右張看，不會吧？這麼容易就讓細菌寄生成功？我可是台灣鐵娘子，不是柔弱的哈中女郎，我不由自主地握緊拳頭繃緊神經，想寄生？可得看是誰的 body，我是自己身體的主人，任何細菌想寄生？門都沒有！我又用手比劃戒備。

「我要喝水……」

我回神發現梅喊著要喝水，連忙伺候她喝水，喝了水，梅說想去台南公園走走囉太陽，我高興得抱一下梅。對，就是要戰鬥，不能再姑息養「菌」。照顧梅這些日子以來，我最大的改變就是懂得尊重別人不同的政治理念，梅的藍政治或我的綠政治，都只是人生的一部分，我們三十年的友誼才是人生重要的事，人生有幾個朋友能夠陪伴你三十年？即便是親密愛人都不容易相伴三十年啊，別說三十年，十年都算難得了。

「奇怪，妳今天怎麼不罵政治人物了？」

「忽然覺得那些沒什麼……累了……」

我也沒說什麼話，任何安慰語言對癌末的病人都只是多餘，靜靜陪伴著讓她優雅地走或許更好吧。世界暫時寧靜了，彷彿癌或非癌的細胞都安靜不動，身體內的藍綠細胞戰爭歇息。真好笑，我竟然會感覺政治的藍綠分別就像梅身體的細胞與細菌在對決奮戰？

很久沒有閒情去紫檀花樹下散步了，多麼懷念樹鵲聒噪的喧囂。

梅身體的戰爭只是短暫的休兵，不久竟然急遽惡化，我經常半夜陪著梅進出醫院急診。她的痛得靠嗎啡止痛，最後嗎啡止痛也打得失去效用了，那是非常昂貴的。還有治療癌症的特效藥加保養藥健保不給付，自費一個月要幾十萬，梅儲存著想去上海做生意的私房錢也花得差不多了。但我想梅的痛其實在心裡，那是止痛劑無法到達的地方，卻是寄生細菌最容易侵入的處所。

「妳不要通知他，我不想看到他，老實說，我對大陸很失望，但是我對台灣也同樣失望，這人生，啊，好苦……」

將要走到生命的盡頭了，梅仍然不認這個家。我難以接受梅這樣的結果，她不認這個生長了四十多年的家，我看著她快要失去原來形狀的面容，我想這才是寄生細菌能夠侵蝕她身體的原因。一根草若是踩不著地，沒有泥土的滋養，怎麼能夠生長茁壯呢？

梅大吐了我一身，我的衣服上是一大片酸臭的濁黃液體，當我抱著她枯瘦乾焦的軀體時，我感覺到梅的身體很輕，難道那些寄生菌也已死滅？當一個人沒有靈魂、沒有生存意志時，連寄生細菌也無法生存了，最後歸於虛無？

梅最後看了我一眼，那一眼我永遠難以忘懷。那是一個女人失去所愛，她的丈夫，還有她夢想的國度，那空洞又惶惑的眼神。

原載《文學台灣》雜誌六十七期
二〇〇八秋季號

柚仔坑之橋

夢中那一朵紅色的籃仔花即將沉入水中，即便在夢中，我依然提醒自己紅色不是軟弱的顏色，因此籃仔花不是軟弱的象徵，而是在水中沉思，伺機而動。

我手裡拿著籃仔花，眼睛看著桌面上和阿嬤的合照，那是年輕的我和剛剛變老的阿嬤。我最喜歡抱著老倒縮的阿嬤，阿公早逝，我從沒見過阿公，有時很想問阿嬤，以前阿公有疼惜妳嗎？但是阿嬤常常只是笑咧開嘴，阿嬤沒牙的樣子有點詼諧，她已經罹患失智症了，她大概也忘記據說很會跳八家將的阿公，對阿嬤來說，阿公已逝去六十年了。

代表阿嬤已經一個人度過了二萬一千九百多個日子。其實阿嬤三十歲出頭就守寡了，如果有阿公的記憶恐怕也很模糊吧，記憶薄如蟬翼，一觸碰就化成碎片。如今阿嬤在安養院，生命也如蟬翼，一觸碰就化成碎片。

身穿花紅長洋裝，風吹金髮思情郎，想郎船何往，音信全沒通，伊是行船遇風浪。
放阮情難忘，心情無地講，想思行著海邊風，海風無情笑阮憨，啊……

小時候住在柚仔坑的記憶像剛脫殼的蟬翼，溼潤而透明，我透過它穿透到阿嬤的記憶。阿嬤最喜歡哼這首〈安平追想曲〉，每回睡不著時，要求阿嬤唱歌，阿嬤就唱這首歌。我算是阿嬤帶大的，因為小時候媽媽忙著跟爸爸去田裡種田，阿嬤每天當保姆，照顧連我在內六個孫子，堂哥阿杉和我，還有堂妹、堂弟。我是最會黏阿嬤的，因為小時候多病，掙得阿嬤多一點的關愛。阿嬤最愛唱的〈安平追想曲〉，後來也成為我的招牌歌。

想思情郎想自己，不知爹親二十年，思念想欲見，只有金十字，給阮母親仔做為記。

放阮私生兒，聽母初講起，越想不幸越哀悲，到現在生也死？啊……

每回帶著雪花糕去前鎮區的安養院，我就會不知不覺哼起這首曲子，悲情的歌襯著安養院的氛圍，讓人有一點稀微的傷感。走過小佛堂、大房間，有些老人在看電視，這裡的老人多半來自前鎮區不富裕的勞工家庭。阿嬤住在裡間，我走到阿嬤的床邊，外勞的手正套著拋棄式醫療的塑膠手套從阿嬤的肛門挖出糞便。動作俐落的外勞轉頭看到我，用不太流利的華語說：

「這樣才扑會生病。」

「哦？這樣啊。」

我清晰地看到阿嬤皺縮的身體，外勞挖出的幾坨糞便還放在阿嬤身邊的紙尿片上，我的鼻子還來不及嫌棄糞便的臭味，眼睛卻很機警地觀察糞便的顏色，是自然的土黃色，我稍微寬心般吐了口氣。心中旋又感到一陣酸楚，我難過地掉過頭去，明知道外勞幫阿嬤挖糞是為了健康著想，但是那也表示阿嬤的排便功能退化了，人老了已經很不堪，要在外人面前攤開這麼私密的生活瑣事，多麼不堪啊，人老了連尊嚴都跟著衰老。

我走到外面的大房間，拿出部分雪花糕分送給其他老人，這是在幫阿嬤做公關，還滿有效果，阿嬤在安養院挺受其他老人的照顧。

不久，外勞用輪椅推著阿嬤出來，阿嬤穿著我為她買的粉紅色少女毛線衫，老倒縮的阿嬤現在只能穿少女裝了。

「阿嬤，您的腳會痛嗎？」我小聲問著。

「妳是誰啊？」阿嬤目光茫然地問。

「阿嬤，我是阿姿啦。」我湊近喊著，阿嬤重聽很嚴重了。

安養院的女管理員走來和我打招呼，我的臉禁不住沉下來。

「我阿嬤為什麼會從床上摔下來？」

阿嬤的腳盤有一大片黑青，我一摸，阿嬤的眉頭就皺起來，應該很痛吧？

「阿嬤說了很多華，板夜，不睡，晚上九點說到三點，我很累去睡了，阿嬤掉下來，對不起。」

站在女管理員身邊的年輕外勞女看護用不流利的華語說著，拚命說對不起。

「吳小姐，我已經通知妳哥哥，吳先生說等一會兒來帶阿嬤去照X光。」

女管理員陪笑臉說著，我還是沒什麼好臉色。

堂哥阿杉來了，我們一起推著輪椅送阿嬤去醫院。在等看診時，阿杉檢視著阿嬤的腳，我還在生氣他沒有阻止長輩把阿嬤送來安養院，不太想搭理他。

我看著阿嬤，努力想傾聽阿嬤內心的聲音，但失憶症者的腦部迴路是不完整的，傳導功能退化了吧，有時我懷疑阿嬤的腦部會不會漸漸空白？

「妳還在生我的氣嗎？」

「阿杉，你告訴我，阿嬤被送來這裡的真正原因？」

「妳想知道？好，我告訴妳，阿嬤在巷子裡隨地便溺，鄰居都到家裡來投訴了。」

「你媽和三嬸為什麼不好好照顧阿嬤？為什麼不請菲傭看護？」

「阿嬤不肯讓人幫她包成人紙尿片，妳以為照顧老人很輕鬆啊？」

照阿杉的說法，隨地便溺的尷尬場面既然發生了，阿嬤當然難逃被送進安養院的命運了。我爸是長子，但是卻住在台南，阿杉的爸是老二，三叔也在高雄，所以阿嬤不可能住在台南。

「阿姿，別傻了，不只我爸和三叔，大伯和大姆也不會習慣家裡住菲傭、印傭的啦。」

去年聽到阿嬤被送去安養院的消息，我趕去安養院探望阿嬤。低頭走進安養院的五樓，進門先拜了觀音菩薩，我到處找著阿嬤的身影。找到阿嬤時，她似熟悉又似陌生地望著我，我抱抱阿嬤，拉拉阿嬤的手，心中有諸多不捨。當我要離開時，阿嬤默默跟著我走到電梯門口，我只好叫外勞看護來帶走阿嬤，我忍痛不回頭快步離開。

老人家一進到安養院，老化的速度更快。在家時像日照一寸一寸地老去；在安養院卻像翻書般急速衰老。我甚至覺得阿嬤的日子逐漸像秋葉掉落地面，不久就會只剩光禿禿的枝幹。

果然幾個月後，阿嬤已經無法站立，被三角巾綁在輪椅上了。原本會跑會跳的一個人，怎麼一下子退化這麼快？

「這裡的娛樂只剩下看電視，也很少去外面曬到日頭，免講嘛也退化。」

經過醫生的檢查，阿嬤的腳傷不礙事，X光照出來沒有骨折，只是老人骨質疏鬆，骨頭軋軋，我和阿杉又將阿嬤送回安養院。

也是這一次，我和阿杉商議尋找阿嬤的失散小孩，那是家族的禁忌和秘密，童年的秘密在童幼時候也許很巨大，不可違逆，長大以後來看卻比紙包火還脆弱，童年模糊的秘密就如溼潤的蟬翼即將脫殼蛻變，躍出童稚之軀，帶來料想不到的驚愕印象。

阿杉展開調查阿嬤的個案，他回去柚仔坑做訪問，憑著他親切誠摯的臉讓我進行數年的調查有了進展，原來我和阿杉不約而同都私下當偵探有一段時間了。

「我查到一個老人家說當時有一個叫柳家明的船員，五十多年前的往事。」

「船員？你怎麼想到要調查船員？」

「妳記得嗎？阿嬤常哼那首〈安平追想曲〉，安平在海邊，柚仔坑是山裡的村落，阿嬤怎麼會特別喜歡這首海邊的歌？我推想也許跟海有關，就順口問村子裡以前有沒有船員？想不到真的有。」

阿杉得意笑著，沒想到阿杉的推理能力這麼好，我很慶幸跟他一起調查家族禁忌的故事。或許有些家族的事阿杉知道，而我被矇在鼓裡也說不定，五十多年前的往事，和阿公去世的年代相符合。

競爭心態使然，不想讓阿杉的調查超越我，我獨自回到柚仔坑做調查，有時候一個人的調查更滴水不漏，思路比較清晰。闊別已久的環境使得模糊的往事又浮現，阿嬤神秘的黃色頭巾在眼前晃動，我怎麼老是記得阿嬤的黃色頭巾？

柚仔坑把我拉回那次帶著柚子去看阿嬤，阿嬤突然認出我，叫我的名字，安靜吃著柚子，臉上滿是幸福的表情。是親情讓她的腦部活動又啟動了？我覺得整個安養院都滿室生香，阿杉帶來的柚子香。我咬著一瓣柚子，孩子吃柚子會受到保佑，這是小時候阿嬤告訴我的，想到這句話，我又想起小時候住在柚仔坑，柚子花開時，柚子香會包圍家園，也包圍著我，連跑步流出來的汗都是柚子的香味……

童年的柚仔坑充滿迷人的柚仔香氣，阿嬤拿著一粒熟黃的柚子，笑著拿下頭上的布巾，她出門總是包著黃色頭巾，怕吹了風。但我喜歡看阿嬤包頭巾的模樣，頭巾讓平凡的鄉下阿嬤變得有一種神秘感，像歷盡滄桑的神秘女郎。

那一次，不知道是不是颱風的關係？風不知從何處把一位也包著黃色頭巾的女人吹來，她站在苦楝樹下，說是來找吳楊墨娘女士，吳楊墨娘女士就是阿嬤？爸媽去田裡種甘蔗，我跑去問阿杉，阿杉家和我家毗鄰而居。

「阿杉，阿杉，有人要找阿嬤，要不要告訴她？」我喘著氣問。

「要啊！」阿杉罵著。

然後我和阿杉到處找阿嬤，找了半天沒找著，卻看見阿嬤站在苦楝樹下和黃色頭巾的神秘女郎四目對望，阿嬤先是笑，然後又哭，又笑，又再哭。

包著黃色頭巾的女人走到大廳，她坐在公廳門口，我偷看著她，想看她頭巾下的臉長成什麼模樣，覺得興奮又充滿挑戰。然後她取下頭巾，我和阿杉都驚愕得說不出話來。

「她長得好像小姑姑喔。」阿杉躲在我後面，突然出聲。

「妳是誰？找阿嬤做什麼？」我大聲問。

「妳叫什麼名字？」摘掉黃色頭巾的女人探頭問。

「才不告訴妳！」

我迅速跑掉了，阿杉拉著我躲在水缸後面聽兩個女人的對話。

「彼是大兄的囡仔？」

我聽到阿嬤輕聲說：「是啊！」

包著黃色頭巾的女人似乎對吳家瞭若指掌，又充滿關心和好奇。

阿嬤對黃色頭巾的女人說起年初在田裡被蛇咬的事，女人突然「噗通」一聲跪著抱住阿嬤那隻遭到蛇吻的腳，我和阿杉都嚇了一大跳。奇怪的是被蛇咬傷的阿嬤那時也沒見她滴過幾滴眼淚，這時卻啜泣著。

怪異的兩個女人家，都喜歡包著黃色頭巾。那女人又拿出黃色頭巾重新包裹著阿嬤的舊傷，緊緊抱住那隻腳，久久不放。

「嘿嘿嘿。」

看到這一幕，阿杉躲在背後吃吃笑，我卻笑不出來，總覺得那女人有一種說不上來的哀傷，那是年幼的我不能懂的情感，但是我受到莫名的感染。

我從水缸悄悄挪動身子到檸檬樹下，看那個女人把一大麻袋的柚子用力拖到前埕，她力氣好大，做慣穡頭的模樣，和媽媽一樣的農家婦。明明中晝吃飯的時間到了，阿嬤沒留她吃午飯，卻急著要她趕快離開……

「妳阿爸阿母轉來，毋使講阿姑來過！」

阿嬤把我和阿杉叫到水缸旁小聲說話，叮嚀我和阿杉，有了這個叮嚀，我和阿杉擁有共同的秘密，不知道他是否跟我一樣死守著秘密迄今？

柚仔坑有一個一百歲的女人瑞，聽說她的記憶力沒有喪失，她自然是我第一個想到要去訪問的耆老人選。輾轉打聽到她的住處，在柚仔坑橋邊的紅磚平房，我找到阿卻婆，她重聽得很厲害，卻是個豪爽的老人家，嚼著檳榔有問必答。我說明來意後，她停下嚼檳榔的動作，目光炯炯看著我，然後不發一語，拄著拐杖走出客廳，我攙扶著她，一路走到柚仔坑橋，下過雨的橋看來搖搖晃晃。

「妳已經知影彼个船員的代誌，伊跋落溪水，是家己不細膩跋落去，亦是被人推落溪裡……」

「妳臆是啥人給伊推落去溪裡？」

阿卻婆的一番話讓我震驚不已，年邁而耳聰目明的阿卻婆沒有看我，只是望著溪水喃喃自語，我也看著菜寮溪奔流的溪水，這裡是曾文溪與菜寮溪交會的所在，對故鄉的重要性不言而喻，沒想到對我的家族也是無比重要！童年跟著阿嬤走搖搖晃晃的柚仔坑橋，印象裡橋是竹子做的，可能嗎？數十年後溪水依舊奔流，卻有不勝唏噓之感。在尚未找到阿卻婆時，有時我甚至希望柚仔坑的老人都凋零殆盡，沒有人記得阿嬤的過往，那麼儘管記憶會有缺憾，卻不會被翻動，不會有驚天動地的閃電雷劈，更不會有腐爛發臭的記憶被翻動，從遙遠的童年一路臭到現在。

「妳臆是啥人給伊推落去溪裡？」

阿卻婆又再次問我，我怔怔答不出話來，只是注視著奔流不已的菜寮溪。

「查某囡仔，人生攏是綴命運流過來流過去，毋通看袂起恁阿嬤，妳千萬愛記持我這句話。」

阿卻婆說話的時候目光炯炯，那神情我永遠無法忘記。

我以為最難理解的船員柳家明，突然從秘密中顯影，我覺得自己的生命也被他入侵了，一個陌生的男人主宰我家族的命運，被侵犯的感覺令我非常憤怒，尤其看阿嬤的命如在風中，更無法忍受。我獨自站在和平路與廣西街口，看著絡繹不絕的摩托車呼嘯而過，我聞不到柚仔坑的柚子香氣了。

柳家明這個船員會不會也在車陣中？即使有，也是前鎮區一小點不起眼的影子，無助於解決阿嬤的切身問題，眼下的問題是怎麼幫阿嬤找到失散的么女兒？

當阿杉提出這個想法時，我腦中浮現的卻是阿嬤皺縮的臉，有些事畢竟已經無法延遲了。

阿嬤的世界是停格的，只剩下斷垣殘壁，其它的都碎成小小格子，在黃昏的微風中飛舞。我試圖抓住那飄舞在空中的碎片，但從阿嬤無喜亦無悲的臉上，看不出過去的履痕，只剩下一片純真。阿嬤的腦部也許有歲月的履痕，但無從讀取。有時我從安養院靜闃的午後氛圍，編織阿嬤腦部的履痕，好像也可以濃縮成一片光碟，卻無法讀取。也許一開始想用偵探的手法來解讀阿嬤，根本就是錯誤的方向。因為人的故事是無法以科技手法去解讀，它有超越科學或理性的部分；也許人的故事不是用證據去理解，而是用心才能體會的吧。

「時間往往是最好的答案，如果小時候看到的人是四姑，她一定是從小被送人收養，吳家苦命的孩子，後來為何失散？現在要去哪裡找她呢？」

我和阿杉斷斷續續地拼湊出阿嬤的故事，家族搬離柚仔坑後，長輩刻意不讓阿嬤跟送出去的養女聯絡，自然四姑找不到阿嬤。阿杉和我是秘密共同體，因為我們共同參與了阿嬤的悲情故事，我們小時候都是阿嬤帶大的，對阿嬤都有一種血親濃稠的感情。

「柚仔坑有一個老人家阿卻婆還知道阿嬤的故事，在阿公英年早逝後，阿嬤曾經和一個船員生下孩子……」

「就是那個船員柳家明。」

「是，後來家族的長輩出面阻止，那個船員傷心離開……」

我有時不能忍受自己對阿嬤故事那種「扒糞」的態度，卻又逐漸被調查的真相將要浮現強烈地吸引著。

「阿嬤，妳要吃雪花糕嗎？」我又去安養院看望阿嬤，招呼阿嬤吃甜點，阿嬤還是天真地笑著。

阿嬤天真的臉，完全看不出悲傷的過去，失智症未嘗不是上天對她的仁慈？她忘記了生命中令她傷心難堪的往事，同時也忘記了骨肉親情，生命不再有悲歡離合，只剩下吃喝拉撒的生物本能。然而阿嬤的生命不只這些，當我推著輪椅帶阿嬤去公園曬太陽，看著阿勃勒金黃色的花瓣，阿嬤會興奮地指著花兒，似乎記起了什麼，一直盯著落在地面的花瓣看著。有時我企盼阿嬤能夠清醒過來告訴我什麼，但阿嬤只是純真笑著，她的世界很安靜，沒有過去也沒有未來，連時間都好似不存在了。

「這次我去安養院，確定了我前一陣子的調查，阿嬤的右手臂上有一個舊傷痕。」阿杉說著。

「哦，那個舊傷我知道啊，被野狗咬傷的。」

「那不是野狗的咬痕，那其實是刀的傷痕，咬痕和刀痕差很多，妳真的相信啊？別自欺欺人。」阿杉語不驚人死不休：「說不定弄傷阿嬤的人就是和她生了私生女的柳家明，可能是她想和柳家明分開，兩人爭執時受的傷。」

我轉頭看阿杉的神情，他說私生女的神情是毫不為意的，我很驚訝他說這樣悲情的故事可以用這樣冷漠的神情與用詞，何況是家族的故事，難道男人和女人對悲劇的忍受力不同？無意間透露的人性往往才是恐怖的真相。

這個阿嬤手臂上的刀痕，似乎也把我和阿嬤的記憶劃下一刀。

渾然不覺冬季已近了，今年夏季幾場颱風豪雨對環境造成重大的危害，如今電視畫面中出現的都是重建家園的景象。森林中的蔓澤蘭過度繁衍是生態的另一場浩劫，它並沒有因豪雨的侵襲而受到斬傷，藤蔓反而爬過崩塌地，顯得生命力旺盛。我和阿杉挖掘的秘密會不會也是生命的土石流？

「妳對阿嬤這麼沒信心嗎？其實我的調查行動也有進展。」

當阿杉質疑我時，我的內心飄過揉和著羞辱與驚懼的情緒，難以言說。

「阿嬤和柳家明生下孩子，他們分開是被迫的，村子和家族的人都屈服在舊禮俗之下，想拆散他們，柳家明不肯，他想帶阿嬤走，但是阿嬤捨不得六個孩子。」

「麥迪遜之橋？」

把阿嬤的過往拉向浪漫的想像，竟然讓我比較釋懷，難道浪漫就能降低悲劇的成分嗎？

「接下來，繼續追蹤，還需要證實，能夠訪問的老人家愈來愈少。」

然而我幾次再度回柚仔坑訪問的結果和阿杉截然不同，故事甚至是往另一個令人害怕的方向發展。

「那個船員柳家明是個不折不扣的流氓，阿嬤是怕他傷害小孩而勉強跟他在一起，家族人是眼睜睜看著阿嬤受苦，但阿嬤為了六個孩子，堅強的阿嬤找了一個黑狗夜吠的日子，把他灌醉再裝進布袋想丟到河裡去，不料他醒來，掙扎時拿刀割傷阿嬤，但終究被阿嬤制伏，這流氓後來被阿嬤丟到河裡。」

說到這裡，我全身止不住顫抖著，好像我就是那個苦命的年輕寡婦，在黑夜裡擁著一群孤兒啜泣。

「柳家明死了？」

「有的說死了，有的說沒有死，被附近村子的人救起來，但奇怪的是他並沒有再回來找阿嬤報復，從此消失不見，沒有人知道他去了哪裡。」

那個柳家明到底是流氓，還是對阿嬤也有真情？如果有真情，為什麼沒有回來找阿嬤？這個關鍵性的問題讓我十分苦惱，我再回去訪問阿卻婆，她卻已經過世了，著實讓人料想不到，那個嚼著檳榔看起來十分硬朗的人瑞竟然說走就走，倒像是把阿嬤的秘密傾訴後獲得舒解，安然往生了。

阿卻婆率性走了，留下永遠無法解開的謎團。為什麼柳家明沒有再回來找過阿嬤？

他真的被阿嬤推落溪水？阿嬤豈不成了……

「也許他不敢回來，害怕堅韌強悍的阿嬤！」

我要如何相信調查結果？人生行路，「選擇」其實經常發生，這也是我唯一了解阿嬤的地方，正如同我了解自己。命運讓不幸的故事發生了，但阿嬤還是勇敢地抵抗它，在那麼封建的年代和閉塞的農村，為母則強的阿嬤確實是勇敢的女性。

「阿嬤又為什麼把親生骨肉送人扶養？」

我想阿嬤是怕她留在村子裡受到歧視吧？有些問題只能用心回答，不是偵探可以找到答案的。

「其實……妳不能接受阿嬤跟野男人偷生孩子，對吧？」

阿杉的問題確實問到我的心坎裡了，我頓時羞愧得抬不起頭。

這就是真相？也許真相已經模糊，我們只是試圖還原事實，接近真相而已。

我看看阿杉，覺得我們都不是在為阿嬤做調查，說好聽是為了尋找阿嬤失散的骨肉，吊詭的是四姑已經不存在了，其實我們都是為了自己那自私的面子。

想思情郎想自己，不知爹親二十年，思念想欲見，只有金十字，給阮母親仔做為記。

放阮私生兒，聽母初講起，越想不幸越哀悲，到現在生也死？啊……

阿杉和我一起去安養院，女管理員說阿嬤一小時前過世了，她走得很安詳，在藤椅上靜靜坐著就走了。我有些激動無法接受，女管理員卻說：

「妳要節哀，親人怕我們難過，常常會偷偷離開……」

我稍微釋懷，走進佛堂，阿嬤一定走得很安詳，因為安養院沒有把阿嬤送去醫院，頗不尋常。

寧靜的阿嬤祥和躺著，在阿嬤的身旁，有一個女人跪坐著，聽到我們走近的聲音，女人抬起頭來，一臉的淚，脖子上圍著一條黃色絲巾。

「您是四姑嗎？」

憑著那條黃色絲巾，阿杉和我慢慢認出那就是四姑，滿頭白髮的四姑。

她點點頭，阿杉眼睛瞪得大大的。

「家族傳……您已經過世了……」

故事真相其實經常遭到外來的添加或重置，有時它會以原始故事為藍本，發展、更新故事的風貌。

四姑出現在這裡，說明一件事，數十年來，她也在追尋親生阿母的足跡。看著黃色絲巾標記的四姑，我又想起那回四姑用黃色頭巾包裹著阿嬤受傷的腳的情景。

「阿嬤難道是盼到了四姑歸來才安息的嗎？」

「原來我們都不知道阿嬤在等四姑。」

看似癡呆的阿嬤內心其實還是堅韌的，現在阿嬤的靈魂真正得到寧靜了。我忍不住走過去抱住四姑，拍拍她的背。

「阿姑，多謝您轉來，誠好，誠好。」

四姑枯瘦的手也緊緊環抱著我，那時候我感覺靈魂輕盈起來，好像牛屎龜爬下乾硬的屎丘，在風中昂首闊步。

角板山謎事件簿

一

晨希打開木窗看向她摯愛的角板山，她心目中最美麗的家園。清晨的角板山就像落入凡塵的仙子，有幾分虛幻，又有幾分真實，交織成謎樣的女人一般，因為不被了解而很迷人，就像她一向耽溺的東野圭吾謎事件簿，最美麗的景色藏著最殘酷的謀殺案，藏在冰山底下的暴力往往眩惑迷人。

對一位家庭主婦來說，丈夫離開家以後，他也是一個謎，妳永遠不知道他去了哪裡？他做了什麼？他忠貞嗎？他會偷吃嗎？想到這個謎題，晨希就痛恨起婚姻，一紙婚約不僅把她綁在角板山，也把她綁在一個不穩定的狀態，一種緊張的人際關係，一種被定調的人際關係，夫妻關係讓她很不安，沒有血緣關係的人由於一種身體接觸的契約，被要求忠貞、責任、相愛。她能夠永遠愛她的丈夫嗎？她很懷疑。

小時候，她住在農村，看過牛隻、豬隻交配，都需要主人幫忙才能完成交配儀式，一隻豬公需要到處去「幹」許多豬母，旁邊有許多大人觀看，不時給予姿勢的調整，彷彿是一件大事，看不出豬公有任何樂趣，常常是累得眼凸流口水，她不覺得牠流口水是覬覦豬母的美色，應該是累得快死掉了。有一次她拿水要給豬公喝，被嬸嬸拉到一旁，許多叔叔、叔公在一旁笑得很曖昧，她祖母來拉走她，一邊打她屁股，她那時只有七、八歲，對交配這件事一直很反感。後來牛隻交配時，堂哥們找她去觀看，她搖搖頭表示沒興趣。

她不喜歡男人對於交配一事的曖昧訕笑，「幹」有那麼好笑嗎？有那麼有趣嗎？男人拚命低頭議論。在豬公交配時，偷偷議論誰幹了誰的牽手，「幹」有那麼重要嗎？他們用台語低聲交談，臉上露出驚異的神情。

現代的豬公連幹豬母的樂趣也被剝奪，主人用木頭的器具讓豬公自慰取精，一次可以造福許多豬母懷孕，原來豬的性生活已經沒有了，「豬牢」這個豬舍台語已經說明豬被圈養後的奴隸身分，連性的自由也沒有，只有繁衍後代的任務。

後來她卻常常聽到「幹」字，在她婚後，她的丈夫喜歡在找她做愛時，用台語跟她求歡：「我們來相幹，好嗎？」然後他粗獷的手就伸進她褲底，開始往她的身體深處探索，她的呻吟聲隨著他的手與陰莖的深入而高低起伏。

「大聲點，說妳的雞歪被我的懶鳥幹到了……」

她不喜歡說這些台語，她喜歡用古雅的台語唸故事、諺語，而很諷刺的是丈夫卻喜歡用台語跟她說私密的情色話。

「敢有啥不好嗎？幹是翁某之間上甜蜜的語言。阿無妳愛聽我講 making love，相幹有啥不好聽不文雅？翁某上甜蜜的代誌就是這啊。」

丈夫說著又騎上她，讓她呻吟了很久。

有什麼不對嗎？她也說不上來。丈夫說因為小時候家貧，家裡只有一張大通鋪，父母愛愛時就在他旁邊也不忌諱，只蓋上棉被，他阿爸每次要騎上他阿母時，就會先問一句：「咱來相幹好嗎？」婆婆每次都會拒絕，最後還是讓公公騎上去了。丈夫說每次跟她愛愛時講這些就讓他非常興奮，陰莖立馬硬起來，可以進入她身體內讓他們兩人銷魂，但是她卻覺得這讓她倒盡胃口，好像跟她做愛的是一個鄉下種田的阿伯。

她要求丈夫不要再講這些別人的閨蜜情色，他卻不講無法硬起來，因此她總覺得跟她銷魂的不是丈夫，而是另一個種田阿伯。當初真不該謹遵婚前守貞的傳統，她若是知道丈夫做愛時會這樣鄉野情色，她一定不會答應他的求婚。在她新婚夜，丈夫騎上她說著台語的幹，讓她想起小時候看豬公豬母交配，大人在旁邊頻頻問著：「有幹著無？」丈夫也這樣頻頻問她，而不是西洋電影裡的 making love。有一次她沒回答，丈夫在她身上罵她，讓她更加討厭相幹，她覺得自己又不是豬母，為何要讓他幹呢？丈夫的鄉野習慣讓她對房事興趣缺缺。

仇怨經常都是平凡不起眼的小事引起的。

近年每當她在家門目送丈夫出門上班，她感覺到自己內心的厭倦感，她常不自覺把目光投向角板山，雪山山脈的靈氣似乎有助她抓住婚前一絲絲水靈的少女心態，而每當她的目光從窗外拉回廚房，你可以從她幽怨的目光測量出她內心迷惘的重量。

如果沒有東野圭吾的推理世界、FOX Crime 的犯罪影集、MOD 82 台 Cinema 的電影，她一定活不到今天，寂寞立馬可以把她謀殺、肢解在廚房明亮的地板，直到角板山黃昏的光線穿越她的咽喉。她想像自己被陽光肢解成千萬片。

這一切既謎樣又迷人，晨希的想像力從丈夫出門後開始發酵，她想像各種情節，就像小時候她站在豬舍前，看堆肥在陽光下冒著青煙，隨著記憶裡若有若無的沼氣，她在角板山這邊聞到豬舍嗆鼻的味道，哇，太棒了，那種鄉間活力十足的屎尿味，再沒有比豬舍更讓她感覺自己的存在了。「糞哺」的屎尿混雜草料的堆肥成熟味飄到廚房上空，降落在美人西瓜上，她凌厲的手在西瓜上小心刻鏤的姿勢，似乎隱藏著某些驚人的秘密。

「不過是一粒西瓜罷了。」

晨希把美人西瓜套上從「無印良品」買的法國網狀環保袋，時尚感十足，是的，生活需要一些些時尚、一些些想像，以及一些些黑暗。就像她水靈的皮膚日復一日地被描著細紋，那是歲月隱藏的黑暗，女人水靈的皮膚能夠讓男人生起憐愛之情，迅速撫摸能夠帶來立即的感官快感，而歲月卻以一種緩慢的酷刑凌遲她，結婚十八年後，她的額頭、眼角、嘴角都描上細細的紋路，最經典的是法令紋，以一種拋物線的紋路讓她有了無法掩藏的大嬸味。現在再也無法像《藝伎回憶錄》裡的章子怡回眸抿嘴笑著，就讓騎單車的男人無法移開目光而摔落車子，像她這樣的中年女子需要的竟是豬屎味來醒醒腦！

她把美人西瓜套進網狀環保袋，網袋的彈性讓西瓜彈跳了兩下，她覺得這粒纖瘦的西瓜太像自己了，她正是被懸吊著的美人西瓜。

穿上日本繡花透明罩衫洋裝，她對著鏡中毫無表情的臉塗上粉彩，鏡中的婦人開始有了令人驚豔的變化，口紅點亮了她的臉，那就是晨希嗎？還是美人遲暮的晨希加《惡意》裡的日高理惠？或許再加料《湖濱謀殺案》裡的裸體死屍，才是真正的婦人晨希。

豬屎味加上腐屍味飄散在廚房，她拍一拍衣裙，這是徒勞的，她看到美人西瓜，內心浮現的是一絲不掛側躺在湖邊的美人屍體。感謝這些謀殺推理劇讓她打發漫漫長日，角板山壯麗的山峰填不滿空虛的婚姻，有的只是凸顯更多的窘迫而已。

大約一年前，她發現丈夫改變了某些生活細節，每週四去分社開會的日子總是穿著襯衫，是一些她沒見過的襯衫，丈夫開始嫌棄她的服裝品味跟不上他的事業成就，所以他挑選自己的上班服。幾年來看犯罪影集、推理小說的江湖經驗，讓她有如超級警探般，嗅出新襯衫隱藏的腥羶，是男人射精時精蟲腥騷混雜女人陰道分泌物的特殊氣味。

只是從她停經以來，這種夫妻恩愛的氣味也罕得一聞，丈夫已經不再跟她說那個曾經讓她非常不喜歡的「幹」字了，他不滿於她乾癟、萎縮中的陰道，她沒想到陰道原來像雪山隧道般通往她幸福的後花園，而今形成另一種暗喻。也是停經之後，她才明白為何四十、五十、六十、七十、八十不同數字的男人，不約而同都找三十的女人，愈嫩愈好，跟鬆緊、濕潤有關，女人身體的極限！在丈夫深藍的新襯衫上，她嗅到的不是新衣服的味道，而是精蟲與陰道混騷的氣味。這個氣味讓她在腦海裡殺人無數次，每個人都曾經歷過憤怒到想要殺了對方的時刻，很多人都是吞忍下去，睡一覺起來就忘了前晚策畫謀殺的細節，什麼死法才會俐落？她收集了一些筆記，每回看筆記，她的心思冷冽猶如角板山的湖水，平靜而冷冽。

有了缺損的婚姻就像平靜無波的南極冰層，其下潛藏著九十一座火山，一旦爆發將萬劫不復。

她手上有一把德國雙人牌的水果刀，鋒刃細長，是她幾年前跟丈夫去德國旅行時，在百貨公司買的特價品，因為刀刃出身名門，又在地方菜刀店定時保養得宜，因此還是鋒利無比。此刻她對刀刃來回不停地撫摸，不時把手指放在刀刃上試刀，如果手指用力一點，刀刃就會見血了，意識到「血」這個字時，她的心底顫抖不已，連陰道的窒都感染了刀刃的血腥而興奮，不自覺地彈跳兩下，哇，跟高潮時的彈跳有些類似，原來血與性這麼接近？

哇，刀子傷了她的手，真的見血了，她擦去血，彷彿她的血祭了這把刀似的。她把手的傷口擦上藥，直接用人工皮貼好，這樣防水又不會留下疤痕。

她準備好計畫中的細節，又把西瓜裝進網狀環保袋，這樣外表看來她就跟去逛街差不多了，從角板山通往故宮博物院，今天她必須出城了，離開角板山這個「家牢」。她的目光又投向湖水，想起丈夫告訴她的角板山之戀故事：

從前有一對戀人，男孩家是掌舵的船夫，他時常划船去島上找女孩，女孩的父親嫌棄男孩只是個貧窮的船夫，執意要將女兒嫁給富有的商人，兩人相約殉情，就在一次颱風夜，女孩穿上紅衣紅裙，男孩穿上白衣白褲，兩人划到湖心，棄船雙雙投湖，湖水並不深，只是颱風夜，大家都不坐船，沒人注意湖上有船，當颱風過後，家人遍尋不著年輕人，派人在湖裡打撈，找到兩人時，已經是冰冷的屍體，奇怪的是兩人死後依然緊緊牽著彼此的手。

她對這樣虐心的愛情故事特別傷感，角板山的歷史因為有了愛情故事而顯得溫柔多情。她覺得死於愛情之湖的戀人至少是幸福的，說不定戀人連對方的私密生殖器都沒見過，故事的背景是很久以前，保守的傳統社會，想必戀人跟她一樣婚前都是守貞的，她想，如果女孩遇到的是喜歡說「相幹」的丈夫，她還會為愛情而殉情嗎？肯定不會，她曾和丈夫辯論過殉情戀人究竟有沒有上過床？她認為兩人一定沒有，因為沒有得到過的愛情才會淒美，才會堅持。丈夫認為男人不會為了尚未到手的女孩殉情，男孩一定上過女孩了。她聽了很生氣，丈夫說也有另一種可能，男孩移情別戀富家女了，想用殉情把女孩弄死，沒想到颱風夜船真的沉了，他是殺人技術還不純熟。

想到傳說中的角板山之戀被丈夫加料成謀殺案，她有說不出的憤怒。這時她看向湖心，傳說中的戀人，紅衣女孩與白衣男孩帶著一群紅衣小孩與白衣小孩，乘著船歡樂地悠遊湖上，好像要去參加秘境音樂會般。

死後的世界似乎比較容易快樂？不是嗎？死後的戀人完成生兒育女的願望，這是多麼歡樂的後現代殉情記。

二

她站在台北捷運大直站，等候棕13小巴公車，她手裡捏著一張「奧塞美術展」的門票，這是她預購的門票，她必須在十點前先進去看展覽，馬上蓋個暫時離開章，這是為了萬一需要不在場證明，她好有個說法。然後她從旁邊小路下山，偷偷來到丈夫與那女人幽會的地方，她要去按門鈴，讓丈夫的醜事曝光……她手裡提著美人西瓜，網袋又晃了晃，怎麼每次低頭看美人西瓜，她都覺得自己就是被提著頭顱的美人西瓜？

候車站正好是一家水果店，剛才她問路的阿桑告訴她，走過板鴨店就是公車站，在這裡只能坐棕13小巴公車上去故宮，其實也可以坐淡水線捷運在士林站轉公車，那裡的公車很多。若是坐板南線接文湖線捷運，應該在劍南站轉公車。她說沒關係，大直站也很方便，事實是她根本不知道劍南站比大直站接近故宮，她上網蒐尋的資料全憑自己判斷。反正來到大直等棕13小巴公車就是命運。太久沒有坐台北捷運，進城讓她緊張得連提著西瓜的手都軟弱無力了。

丈夫與小三約在離角板山遙遠的台北城，對她來說像是國外般遙遠。她花費不少錢請徵信社查到丈夫跟小三幽會的處所，聽到故宮博物院幾個字，她預購了奧塞美術展的門票，今天早上十點至十二點間，丈夫會來這裡，這是他們的習慣。她的憤怒無與倫比，她跟丈夫沒有在這個時間愛愛過，究竟是多麼美麗絕倫的美人能夠讓丈夫千里迢迢，費盡心思從角板山趕到故宮幽會，晚上再趕回角板山？假裝正常上下班，瞞著她進行了一年多了，丈夫沒有在外面過夜算是給她留一點顏面嗎？

等待公車是漫長的過程，就像她籌畫今天的行動也是一個漫長的過程，美人西瓜又晃動了幾下，水果店老闆看了她幾眼。

「這種西瓜今馬上好食，頭家娘欲加買幾粒無？」

她搖搖頭，把網袋抓緊，低頭不知檢查什麼，很快又恢復悠閒的姿態，假裝跟老闆寒暄。然後她想到不能讓陌生人認出她的臉孔，趕緊把寬邊草帽壓低，草帽讓她看來充滿神秘感，似乎吸引陌生男人的注意。

「妳這種打扮足像卡早電視彼個唱歌的金曲小姐。」

賣水果的老闆開始跟她閒聊，她有點煩躁，在街上走來走去，不時看著公車，大直公車站的公車其實不少，就是沒有棕13小巴的鬼影子。水果店滿多人買美人西瓜的，老闆很得意跟她比了好吃的讚手勢，她趕緊走開，經過一家大門前看到鋼門倒影中金曲小姐般的模樣，她感到啼笑皆非，明明計畫好要不讓人認出來，結果卻變成最明顯的目標。她走回到水果店，時間一秒一秒過去，她的腳已經痠了，提著網袋的手也漸漸感到沉重。

從早上十點多等到十一點半了，現在即使殺到小三的住處，姦夫淫婦辦事都完畢了，她也沒有抓姦在床，去了有什麼屁用呢？她恨恨地想，抓姦還得看天意啊？老天都不站在弱勢這邊，她精心策畫了這場抓姦記，卻敗在台北棕13小巴公車，早知道就坐計程車殺過去，不行，不行，那會被計程車司機認出來，計程車司機之機敏的，她這一身金曲小姐的打扮又帶個美人西瓜，法式網狀環保袋也特別，這也是敗筆，應該將西瓜裝在市場常見的塑膠袋，她還是不夠專業。

現在時間點已經過去了，行動失敗，這讓她感到非常沮喪。她想既來之則安之，去看看奧塞美術館藏展覽吧。坐上計程車直奔故宮，來到展覽館前，她已經一身汗，拿下寬邊草帽，她把草帽和西瓜鎖進置物櫃，拿著門票進去展覽館，放下塵世煩囂，展覽館內陰涼又暗黑的感覺。許久沒有看展覽了，真不知道在角板山過著什麼樣離塵離世的化外生活。奧塞典藏許多十六到十九世紀的油畫，她沒有像看展覽的人借解說導覽，她用自己的眼睛看，她只關心那個時代的人的生活，特別是婦人的生活。

她看展覽很快速，但是有些婦人的生活畫深深吸引她，她想起自己大學也是念文學院，婚姻十八年卻讓她退化了，她跟丈夫沒有生兒育女，前十年她盡心侍奉公婆，幾乎就像個菲傭，與老人的屎尿為伍。公婆相繼過世後，她也變成幽怨的少婦，近來的八年她成了孤獨婦人，丈夫忙於事業，他寫遊戲程式非常賺錢，學資訊出身的設計程式人才愈來愈搶手，她的婚姻卻愈來愈脆弱。因為丈夫收入頗豐，她成了貴婦，卻是寂寞的貴婦，用推理小說打發時間的鄉下貴婦。

丈夫在新竹也買了套房，他可以隨著工作的需要任意睡新竹或角板山，他說角板山是他長大的地方，也是台灣土地上最美的眼睛，讓她這樣的美人住在美麗的山區，她才能維持一種靈氣。

自從丈夫在新竹另有套房後，她深刻體會「無子婚姻」的悲涼。她不敢說丈夫在外面女人們的子宮種植自己的 DNA，她不知如何面對？到了她的徵信社告訴她，他兩週會去故宮附近的豪宅幽會，她的憤怒讓她在腦海裡已經把丈夫殘殺許多次了。幾年來她花費最多的費用不是買衣服名牌包，而是付給徵信社的錢，每回徵信社洋洋得意回報給她戰果，她卻是內心滴血觀看那些戰果。

婚姻是一種折磨彼此的過程。

展覽室光線很柔和，人潮不少，她只選擇喜歡的圖看。最先吸引她的是〈樅木屋父親之逝〉，十九世紀的畫作，外國畫家的名字她記不住，但是那幅畫描繪的生離死別的哀傷，深深震撼著她，讓她想起父親在她年幼時病逝的情景，跟這幅畫簡直一模一樣，藝術觸動了她的心靈。怎麼有人可以把死別的哀傷畫進油畫裡？那位站在病床邊邊，用紅圍巾包著頭的小女孩，那個位置就是她童年時看父親病逝時的位置，那時她只有五、六歲，不敢太靠近病床。遠遠在門口看著，不像姊姊在父親床前嚎啕大哭，事實上她沒有哭，只是看著父親慢慢死去。

怎麼有一位十九世紀遙遠國家的畫家畫出她童年的記憶？她看看畫家的名字，奇里・維克提維齊・勒莫克，一八四一至一九一〇，只活了五十九歲的短命藝術家，卻是她心目中的偉大畫家。她站在畫前沉吟良久，婚後十八年，她錯過了多少人生？守著角板山離世離塵的生活，以為順應丈夫的心意就能永保婚姻安康？她走到一幅〈閱讀的女子〉畫前，裸體的美麗女子趴在床上看書，白皙的皮膚像會發光般，畫中女子讓她想起丈夫年輕的小三，想必她的青春皮膚也是這般光芒耀眼，才會吸引丈夫千里迢迢趕來故宮附近幽會。選擇住在大直的女子真有品味，大直是美麗的住宅區，時時還能去故宮欣賞帝王收藏、國際的展覽，似乎吸引丈夫的不只是青春肉體這麼膚淺的理由而已。她不敢看〈裸女與小狗〉，彷彿在小狗與精美絕倫的裸女旁邊，坐著她笑吟吟的出軌丈夫。

她在畫前痛苦地別過頭去。

據說丈夫新的遊戲設計是跟小三一起完成，把歷史帶入遊戲程式，一定是住在大直的小三經常看收藏展覽得來的靈感？這讓她感到無比沮喪。原來婚姻不是用愛就能牽繫對方，她跟丈夫有愛嗎？她從模糊的往事裡搜尋，難以確定啊。

〈牧場養鵝女〉讓她想起童幼時，阿嬤還在鄉下養鵝，她假日、寒暑假都必須幫忙阿嬤，丈夫初初認識她時，說她身上有一股樸實的氣質，是其他女大生沒有的特殊氣質，深深吸引他。同樣有著鄉下經驗，不同的是他在北部的鄉下長大，她在南部的鄉下長大，同樣是鄉下，還是有南北差異吧？丈夫很能適應台北的都會生活，甚至是嚮往的，而她養鵝人家的女孩，身上有一股特殊味道，鵝的屎尿味嗎？丈夫從她身上聞到的是鄉下家禽家畜的屎尿味嗎？勾起他的思鄉情，所以讓他覺得親切？今早在廚房的豬舍記憶的味道提醒了她殘酷的事實。

婚姻十八年了，從一幅遠渡重洋的外國畫家油畫，啟發她了解最初吸引丈夫愛她的原因。跟著阿嬤養了幾年鵝，阿嬤過世時，她只有十六歲，到了大一已經二十歲了，身上那股養鵝人家的味道仍然揮之不去嗎？成為吸引丈夫的愛情因素，這幅畫再次點醒了她。

然後她在〈曬衣服的女人〉前駐足，阿母就是這樣曬衣服，父親過世後的日子，阿母將她放在身邊，一邊做著家事、農事，記憶中看阿母曬衣服的日子最讓她印象深刻，總是陽光充足的好日子，她躲在房子陰影裡看阿母，這樣讓她有安全感。阿母說父親過世後，她經常晚上睡不著，小孩子也會失眠啊？阿母說時，臉上總是無限愛憐，哀憫她五歲就喪父。她覺得沒什麼。阿母自己也是九歲喪母，她覺得人生就是這樣，造物主原本就是殘酷無情的。

展覽裡有不少裸女畫，每一幅都深深刺痛她，彷彿是丈夫的小三化身來到她眼前。〈葛朗地的曬鹽女〉把臉包得密不透風的婦人，就是住在七股的外婆寫照，後來七股鹽田不再生產時，她是非常開心的，她並不喜歡婦人把臉包得密不透風像穆斯林女人。阿母卻說她未出嫁前也是這樣包臉啊，曬鹽需要日照，日頭狠毒，不這樣包臉會中痧。〈餵豬的布列塔尼農婦〉這是她最熟悉的景，阿母養豬是出名的厲害，因為她煮的糬裡有香蕉莖、蕃薯藤，她到了讀小學時，還是會去灶腳找零食，被阿母煮得爛爛的蕃薯藤上，有時能找到一、二條瘦弱的蕃薯，她高興得一把抓到嘴裡，囫圇吞下肚，止住她成長的青春飢餓。她覺得阿母不是不知道她偷吃豬的飼料，而是不忍心苛責她。

〈餵豬的布列塔尼農婦〉讓她想起數十年前的那一天午後，她在嬸嬸的閒聊中偷聽到阿母跟人有染的消息，後來阿嬤卻把她找去幫忙她養鵝，間接拯救了她迷惑的靈魂。說不定阿嬤知道阿母的事情？故意把小孩支開……她始終沒問過阿嬤，少女要如何問大人的事呢？她順便看畫家的名字：高更，這位她認識，畫大溪地少女的傳奇畫家，最後得梅毒死掉的那位。

這個展覽怎麼看都像是命運的安排，棕13小巴公車的缺席，卻是她命運不可缺席的一天。

她在展覽場逛過來逛過去，蓋了章走出去上廁所，去販賣部買了畫冊，她生平第一本畫冊。她打開置物櫃，看了她的西瓜好一會兒，小心翼翼把網狀環保袋拿出來裝她的畫冊，把美人西瓜推到櫃子裡邊，再用力鎖上，也愛憐地把寬邊草帽拿出來，當鎖響亮的匡噹聲拍打她心上，她有一種如釋重負之感。

她坐在置物櫃前的階梯，這個展覽場只有靠近廁所那邊有椅子可以休息，擠滿了人，她只能坐到置物櫃這邊，腳痠得很，她手上拿著金曲小姐的寬邊草帽搧著風，臉上露出難得的笑容。這時候，她忽然想抽根菸，十幾年來頭一次想抽菸。

展覽場前有外國人在問事情，服務台人員的英語不純熟，似乎溝通不良，她走去幫忙翻譯，她很自然地說著英語，像她的呼吸那麼自然，老外和服務員都很感激地向她道謝。

這下子，她重重地坐回階梯，原來多年來每天用看電視打發時間，還給了她一個意外收穫，她的英語進步神速。這完全出乎她自己的預期，生命的安排自有道理，這邊的傷口，那邊療癒，人需要的是通盤看人生。

不執著在一個小小的點，偏偏人常常執愛執恨在小小的點，看起來小小的點卻是人生一個坑。

剛才離場時，顧門的女生在她手背上蓋一個藍章，她很想再進去看阿母餵豬、她養鵝、外婆曬鹽、丈夫小三的皮膚……但她畢竟沒有再進場，反而走去故宮的咖啡部點了蘑菇濃湯，是有附麵包的濃湯喔，和一杯熱珍珠奶茶。她從來沒有喝過那麼好喝的蘑菇濃湯，是華航空廚的料理，難怪不同凡響。故宮販賣紀念品的地方擠滿了陸客，雖然吵雜，但是每個旅客臉上都洋溢著幸福快樂的神采。算算上次跟丈夫去德國旅行，她已經有七年沒有出國了。她看著鄰桌二位中年婦女，一身色彩繁複庸俗的打扮，卻快樂自信地講話，交換彼此自由行的心得。那快樂的神采讓她好羨慕，忍不住想畫下來……如果算單獨自由行，那她一次也沒有。

十八年來，她的生活究竟有些什麼？

如果她的婚姻不幸福，那麼丈夫會幸福嗎？

她翻開畫冊，看到〈封閉花園的女人〉，她忽然熱淚盈眶，一幅畫就總結了她的十八年青春！婦人勻稱豐滿的身材就像她，只是，除了這個美麗的裸身，她還有什麼？她就是缺少〈閱讀的女子〉中籠罩全身的神秘光芒。一千幅勻稱豐滿的裸體，也比不上一幅煥發光彩自在閱讀的女子裸體。她願意用所有的一切換得那個幸福的光彩。

三

故宮博物院「奧塞美術展」結束了，服務員通報置物櫃發出濃濃惡臭，警方嚴加戒備，為了防範恐怖攻擊，大直員警全副武裝前往故宮，天空的太陽狠毒，武裝的員警滿頭大汗，一位年輕的員警將置物櫃鎖打開，裡面放的西瓜已經爛得不成形，警探發現西瓜裡面藏著一把鋒利的水果刀，判斷是用刀子將西瓜的果肉挖空，再將刀子藏在裡面，美人西瓜身形修長，藏一支德國雙人牌水果刀長度適中。至於是何人將西瓜放在置物櫃？又有何動機？種種疑團有待警方調查。

李曉峰對故宮置物櫃的西瓜藏刀案產生無比的興趣，她是新進的美女刑警，事實上她自比 detector，她心目中的偶像是美國影集裡專門打擊性犯罪的紐約刑警奧莉維，這位影響她生涯規劃的紐約警探為受到性侵害的女性伸張正義，幾年前 MOD 風行台灣，正是她報考大學的時候，她二話不說轉往警校就讀，這在她的文化人雙親眼裡是很有創意的決定，她的俠女媽媽支持她做一位台灣的女警探，因為前無古人，所以她很快可以出人頭地。哈哈，她那有深厚文化素養卻不失小資族風格的媽媽，讓她愛死了。

因為俠女媽媽的身教，她幾乎是警界可以寫推理小說的不二人選，她從小跟著媽媽看遍柯南偵探影集、東野圭吾、《東方快車謀殺案》的阿嘉莎推理小說，當同學都在迷羅琳的〈哈利波特〉，還搶著買誠品新到貨的英文版，她已經跟著媽媽讀英文版的阿嘉莎。出身藥學背景的阿嘉莎是她的女神，她覺得英國把阿嘉莎的影集拍得不夠迷人，因此她一拿到置物櫃藏刀案時，立即自己編碼「阿嘉莎一號」，調閱監視錄影帶。由於刀子是德國雙人牌，上頭還有個已經磨得模糊難辨的二〇〇九・二・一……的日期，她判斷這是刀子主人在德國買下的日期，會不會是情人節的旅行禮物？才會一直沒有撕掉日期。她調查那時間出團德國的旅客，尋找夫妻檔，最後過濾出二十二對夫妻，一一拜訪做筆錄，這耗費她四個月的時間，她找到住在角板山邱秋鴻夫婦的住處。要從台北調查到桃園，她又經歷一番行政作業，真弄不明白台灣的行政體系怎麼老是自己綁自己？警探辦案怎麼可能不離開行政區？歹徒不會只住一個地方，一定是神出鬼沒才配稱為歹徒。

李曉峰來到角板山，真是美麗的地方，這也是警探生涯迷人的地方，她不用綁在一個定點上班，神出鬼沒到處辦案。

她按門鈴，來開門的是一位年輕、身材超棒的女孩，看她的談話，李曉峰將她歸類為宅女型，然後她坐下來聊天，問到邱秋鴻先生夫婦，她說邱秋鴻先生出門上班。

「賓果！」李曉峰暗暗歡喜。

通常有異常就是藏謎的地方，她打量眼前這位年輕宅女，看一眼桌上的結婚照，馬上警覺她並非照片中的邱太太。

「邱太太已經失蹤四個多月了。」

「請問她是哪一天失蹤？」

「八月三日。」

她是那一天去看故宮的奧塞美術展覽，把藏身在西瓜的刀子放在置物櫃，動機是什麼？刀子上面有血跡反應，局裡將這個案子以「置物櫃藏刀案」交付她調查。把雙人牌刀子藏在西瓜裡，這實在是太經典的推理小說情節，一直吸引著李曉峰，雙人牌刀子，好有品味啊。她循著證據線索來到美麗的角板山，此刻她覺得自己快要掉入一個謎團事件，她既興奮又迷惑。

現在時間是十一月十五日，女主人失蹤，年輕女孩住到家裡來，說是助理，其實是小三，李曉峰腦海裡浮現一個情殺的畫面。

「八月初，邱太太領走了邱先生所有的存款，有一天晚上邱先生回到家，沒看到太太，她的衣服都還在，家裡一如往常，所以邱先生發現存款不見了已經是一星期後的事了，他打她手機沒回應，以為她出門去旅行，收不到訊號。」

一個女人失蹤了，李曉峰嗅到一絲絲破案的氣息，在關鍵時刻她反而異常冷靜，這是一個警探的必備條件。

李曉峰馬上調閱八月三日開始的出境紀錄，邱秋鴻的太太陳晨希於八月四日搭乘長榮航空班機到洛杉磯，哇，洛杉磯那個世界轉運站。之後她沒有任何紀錄留下，像消失在人世間一般。李曉峰手上握有陳晨希的照片，只是邱秋鴻並沒有提出任何對妻子的告訴，但她領走存款一千萬，這不是小數目，為何沒提出告訴？不動產她無法帶走，也不在她名下。

這個案子沒有人傷亡，只有一位失蹤的婦人，李曉峰早已經調查出邱秋鴻外遇的事情，一個聰明領走外遇老公存款的婦人，李曉峰無法從證據去判斷陳晨希發生了什麼事？使得她把刀子放在置物櫃。也許她原先想殺了先生和身材超棒的年輕宅女小三，在很短的時間裡完成領款、訂機票、離境，她慢慢開始佩服陳晨希。她調查過邱秋鴻知名的遊戲程式設計師，那位開門的辣妹就是他的助理李琳琳。太太失蹤才四個月，他就把老婆忘得一乾二淨，讓小三侵門踏戶來角板山住了。但是李曉峰預見的是另一個外遇偷吃的循環即將開始，三年後邱秋鴻可以去法院申請離婚，他可以再跟小三結婚。邱秋鴻沒有追究老婆領走他的錢一事，很簡單，他還有境外帳戶在瑞士，金額有三億之多，早知道就去學設計遊戲程式，一千萬對邱秋鴻來說其實是小金額，這是邱秋鴻默許給老婆的價碼？那麼，置物櫃刀子事件又有誰受損呢？

李曉峰很好奇陳晨希去了哪裡？那又有什麼重要嗎？若是李曉峰自己就會去加勒比海度假，從洛杉磯可以直飛加勒比海沿岸的城市。

只是這個置物櫃事件簿對她來說，永遠是個謎，角板山之謎，沒有人知道那個提著網狀環保袋、戴一個寬草帽的婦人最後去了哪裡？而八月三日那天在奧塞美術展，到底發生了什麼事？

半年後，李曉峰從電視新聞獲知角板山發生殺人案，李琳琳殺傷邱秋鴻，邱秋鴻重傷住院，命在旦夕，李琳琳被收押。

李曉峰趕到看守所探望李琳琳，想知道她為何手刃情人邱秋鴻？李琳琳一臉的黯淡，整個人從頭到腳都是下垂的，連豐滿的胸部感覺也是下垂的。

「妳為什麼要做這種傻事？殺人無法解決問題。告訴我發生什麼事？」

「大約半個月前，我收到一個國際快遞，裡面都是邱先生跟別的女人幽會的照片，我氣不過跟他攤牌，兩人拉扯間不小心殺傷了他，我不是故意的。」

邱秋鴻與女人幽會的照片？來自國外？那是陳晨希的傑作嗎？

「是寄自哪個國家？什麼人寄的？」

「Bretagne，France，寄件人是……」

那是什麼地方？布列塔尼，在法國北方，從遙遠的布列塔尼主導一個驚悚的報復？陳晨希出國時還帶著丈夫出軌的紀念品？想到這裡，李曉峰不禁打了個寒顫，那個神秘女人借刀殺人！角板山謎事件簿本來已經封存在她的檔案裡，卻用最醜陋的方式跳出來報復，那個監視錄影帶裡戴著寬邊草帽的神秘婦人，到底想要什麼？失蹤一年後還能從遠距離報復老公，李曉峰不知自己是應該佩服她的聰明還是冷酷？

李曉峰再次來到台北故宮，四處走走瞧瞧，想再找出蛛絲馬跡理解陳晨希，不覺間走到麵店想吃碗麵，電視正播出談話性節目。

「我們的轉型正義一直都沒做啊，這個社會太多不公不義的事沒有得到應有的轉型正義……」

拍拍拍，李曉峰的腦袋像被人打到，忽然理解了什麼，釋然一笑。店外，一輛台北公車緩緩駛過，那是安靜的棕13小巴公車。

它終於出現了，依然遲到，但還是來了。

卷三　台語小說

寂滅之鄉

一、水田

我總算看清楚田倒落來的勢面。親像一座固執閣老舊的城，種田人用土丸砌成一區一區的界址。半透明的，田水無濟，只夠種田人共跤手浸一半，年九月深浸久矣，人親像位塗跤發出來仝款，種佇田中央。

我試著用腳腿去踩泥田的厚度，竟然無法拔起，黏得緊，漸漸，愈陷愈深，每一步都是爛泥。秧苗是我剛插下的，但這是我的田嗎？是，唔，不是。我不是從泥田裡長出來的。莫怪，我一陷入水田的中央，就不能著根，左晃右搖，倒像是無法衝出圍城的囚徒。

「哞——」四周沒有牛的影隻，是誰在嘲弄我？

四周沒有做田人的影隻，是牛隻在嘲弄我？溺在泥漿裡的腳腿都瘦了，開始打顫，水田是頂真固執的，我的腳腿不是泥田的根，它又吮住不放，不只人對土地的感情黏著，泥土也愛黏人。

是誰在嘲弄我？

四周沒有牛的影隻。沒有做田人的影隻。

我的腳腿痲了，唔，真想趴下。

「哞——」我想那大概是牛蛙，差一點被騙了，我夠久夠久沒返鄉了。

那僅是一場白日漫遊，靈魂出竅，離鄉愈久，靈魂愈容易溺在泥土裡。

我是來應公廟參拜的，離鄉囝仔返鄉祭地頭主。四處寂無人，做田人應在田裡。

二、田孩兒

囝仔報名來，姓田名孩兒，田孩兒是也。這裡曾公演布袋戲，節日大人搬演，平常日孩童搬演。田孩兒回鄉？然也。

應公廟僅剩田孩兒一名，蜘蛛一隻。蜘蛛？在何處？敬酒杯裡。

敬酒杯裡飄著一隻蜘蛛，酒淨身軀，酒淹咽喉。牠奮力想爬離酒池，一陣風吹過神壇，將牠駁回酒池，牠只好重新開始掙扎；可惱，又一陣風吹過，將牠轟回酒池，一切的奮抗又再重演，牠背上灰暗的圖案在奮抗中奪人注目。我該如何安頓自己？此刻舉手援助牠，分明是在羞辱牠，我們不同國不應踰矩，我亦竊想目睹蜘蛛對風的拚鬥，虛心偽想揑造蜘蛛好勇的神話。就這樣，幾次舉手又癱下，蜘蛛對風拚鬥，我對我自己拚鬥，最後蜘蛛宣告戰敗倒入酒池，我暗暗鬆了一口氣。

筋疲力竭的蜘蛛不再和風拚鬥，靜默躺著，敬酒杯盛著一具蟲屍。應公伯，勞駕引渡。風不斷續經過神壇，不斷續挑動這具蟲屍，蜘蛛仰天躺著，風扯著牠的腳肢，蜘蛛的板勢撩樣想繼續牠生前的抗爭，日頭照進來，蜘蛛通體如玉，風和日頭聯手製造了一個圖騰，蟲屍想爬昇的圖騰，赫，蜘蛛魂也有昇空的欲望。

我注視著這場生命的寂滅，漸漸為這一小潭米酒的陣地感到哀愁。田孩兒淚不輕彈。酒原本潔淨無欲，蜘蛛的誤闖使它呈現殺機，繼而隨蟲屍一起腐化。田孩兒欲伸手揑去這齣悲劇——

三、阿望

「有道兄？呼呼，你還有閒工在這兒戲蜘蛛嘎？」阿望說。

他的長褲上沾著田裡的野草種子，臉上一顆顆汗珠交代著他剛出去找親人的焦慮。阿望報告老師般地說著他姊姊阿蘭的失蹤事件。

我阿姊又不見了！這已經不新鮮囉，在庄裡也不是新聞，跟她偷摸鹽巴吃一樣，都不是新聞。我現在學校放學後，跟著工友老劉學國術，教訓那些欺負我阿姊的屁孩童，我這兩肢竹馬腿踢人很痛。什麼？應公伯會笑我家教？安啦！我老神在在。祂跟我有熟識，莫見怪啦。我阿母也常來燒香，哼哼「有求必應」？應公伯若是有保庇，阿姊怎會老是親像一陣風亂跑，讓人找個半小死。

偷摸鹽巴吃？嘿，人嘴真貓，你才回鄉多久，也都耳通囉。

何時開始犯這症頭？唔，從我阿爸過身了後，不，從她自台北返鄉後。

我阿姊真獃，要偷吃也不偷吃糖，偷鹽吃得瘦巴巴的。

有道哥，你離開庄頭太久，很多事和以前都不太一樣了。很多人都流浪出去，像土沙一樣，流出去就流不回來，流回來的都成渣滓。我阿姊這呢巧的人，就是袂曉想，流去台北三年，現在又流浪回來，我阿母講她也歹收拾。有什麼歹收拾？重新再來。何必頂真？無人親像我阿姊這款樣固執。

「有道兄，你還在細看這隻蜘蛛？死了啦，呼！送你去土州賣鴨蛋。」阿望說話的節奏愈來愈快，現此時若有樂器，他大概也會敲打出樂音，吹個鼻笛。

有道兄，你快轉去市裡，你以前不是說市裡有多好多好。你知麼？從你回庄裡來，阿姊鹽是愈吃愈厲害，人是愈來愈瘋。哼哼，如果吃鹽巴會變成女超人就好了。

好了，有道兄，我們去找阿姊吧，找，我阿母回來又要急得仆仆跳。

赫殺，「有求必應」，看我的招。阿望對著蜘蛛出氣，不過，蜘蛛牽起絲逃走了。

「有道哥，勞神找一找阿姊，勞神啦。」

四、田中蘭

田孩兒欲去找心肝阿蘭，他往田裡走，兩旁田裡飄來是蕃薯腐爛的味道，還有童年時，我和她的對話，她不叫我「有道」，而是「田孩兒」，如今田孩兒已經長大返鄉了。

阿蘭喜歡沿著田埂走，邊走邊說，她那像青笛兒般清脆的聲音伴隨著月桃葉味野生龍葵味豬屎牛屎味，就是我對家鄉最美好的記憶。

田孩兒，你一整天瘋讀冊，不配稱田孩兒。我阿蘭才是田中蘭，你看我跑到田埂上，像一朵田野花，從不絆倒，我一身都是田泥的氣味，蕃薯收成後，我滾在蕃薯田裡，吸取蕃薯的氣味，我滾著，你敢嗎？你怕泥土，你怕泥土黏住你，你要做讀冊人，我是做田囡仔，將來是堂堂做田婦。

田孩兒，我告訴你。我滿月時，我阿爸就抱我坐過牛背。你瘋讀冊，辦週歲酒揀毛筆，不過，我們都是將才，揀紅龜。田孩兒，我送你一串披練，朱槿花串成的，來，我幫你掛上。哈哈，真像花環，了不得，你以後會坐飛機去讀冊。

不過，你上當了，田孩兒，不管你走到哪裡，朱槿花的花魂都會跟著你，你無法逍遙。透早就出門，天色漸漸光。田孩兒，我要去摘黑甜仔菜囉，這袋九層塔，你阿嬤託我摘的，說要炒雞蛋給你吃，你又感冒了呀？拿去，拿去。一整天瘋讀冊，讀得一個黃酸臉。明天放學後要爌土窯，要去麼？透早就出門，天色漸漸光，有時……

「田孩兒，明天要爌土窯，記得喔。」她說話的嬌媚尾音拉著長長的。

五、田野花

田孩兒！只有阿蘭叫這個名，像在吟唱。

我確實喜歡童幼庄裡人這樣叫我，我還自製一個布偶，自導自編演布袋戲，在應公廟，不輸大人的搬演。

我上轟動的一齣戲碼：「屎伯的一生」。屎伯是庄裡的奇人，五十歲那冬聽信相命仙的話，壽命將終，於是一個月內蕩盡家產，到如今六十歲還活活跳跳，只好乞討維生。台上在搬演時，台下最入戲落淚的，就是屎伯。搬演蒐來的零角錢，後來都給了屎伯。

那就是田孩兒戲劇最風光的時候，別人笑田孩兒瘋讀冊，因為我會編戲。

只有阿蘭拿這樣事來笑我。

我阿爸一直逼我讀冊，他可不要我做田孩兒，我始終不明白。

阿爸是最愛鄉土的人，但是他不親鄉親土，他總和鄉土若即若離。阿爸總是鼓勵我讀冊，他說他小時候讀冊的朋友，是他看顧的那頭牛，他把書冊綁在牛角上，那頭牛總是乖乖地等他看完書，也不吵他。那時候庄裡的人在背後笑阿爸，也不知阿爸哪來那股勁讀到大學，阿祖在賣田栽培阿爸讀冊時，庄頭裡一定也是流言沸騰，阿爸的日子，一定是熬過來的吧。

我確實像阿蘭所預言，會坐飛機去讀冊。我並不是真正想出國拿學位，但這是浪潮，土沙的流勢。田孩兒要坐飛機去讀冊，阿蘭，妳呢？妳是田中蘭。我無法理解妳流去台北的三年，妳是田中蘭，是一朵田野花，流出鄉出土，會根的，這三年水土不服，夠苦吧？

田孩兒欲去哪兒找田中蘭？

六、庄內囝仔

「囝仔，留步，我問你。」

庄內囝仔背著書包走過土豆田，被我攔下，我問他可有看到一位身穿綠底黑點短袖襯衫、藍色運動長褲、身高一六〇公分、臉略瘦、皮膚稍黑的女子……

阿蘭姐姐，誰不認識她？我還知道很多她的故事，比布袋戲還精彩。

真的，我不會騙你。我親目睭看過阿蘭姐姐吃鹽巴，她躲在應公廟後面的山丘，蹲在石頭旁邊偷吃。衣服、手、嘴巴都是白白的，好可怖，像鬼。我們常常跟在她背後，看她搞什麼鬼。阿蘭姐姐很奇怪，她有時候把鹽巴撒在蕃薯田裡，低著頭唸唸詞：「土地公，我鹽巴借放這兒。」

然後，然後就沒了。她去上一號。我們老師說這是精神病，不是神經病。我跟你說，我媽媽說要找一位比較會教的老師，來教我們英語、數學和自然。把全村五、六年級的小朋友收集在一起上課，我們這裡的老師又不是大學生，不會教啦！我們學校的自然老師也是個精神病，他上課時就在黑板上寫一大堆記號，每天就是抱一本書在學校晃來晃去，他要我們叫他「林博士」，哈哈，我們都在後面偷笑，好好笑。

你怎麼不來教我們呢？我媽媽說不補習以後會輸給都市小孩，長大了就留在鄉下揀牛屎，我現在一三五晚上都要坐車去鎮上補習，好累耶！真的，我敢打賭阿蘭姐姐一定在蕃薯田。你來給我補習，好不好？好不好？

「要記得來給我們補習喔！」

七、水發伯

蕃薯田阿蘭找無的影隻，只看到水發伯在田裡發亮的皮膚，他把我叫住。

「有道！來，來，吃一支菸啦！」水發伯說。

他從蕃薯田裡摘下他的斗笠，就在蕃薯熟透的香氣裡，對我抱怨他一世人做穡的甘苦辛酸。

做田這途是幹不下去了。幹你娘，今年冬天的收成，你看，在這啦！十布袋的蕃薯，幹，要飼老鼠壓無夠，幹！你看我這雙手，摸看看，比石頭還硬。做人愛磨，做牛愛拖。盡忠的，死在先啦。賺？有啦，近來有的較燒腳倉的，蕃薯掘出來種菜，硬下肥下農藥，也有賺的，也有賠的。免講也會賠，辣椒好價大家種辣椒，蘆筍好價大家種蘆筍，又不是趕夜市，免講也會賠。幹，種菜的不吃自己田園的菜，自己要吃，另外一種畦，噴農藥的。幹，天理不照行，做田人憨憨做田，天公不疼，誰還管天理？唉，我老囉。有道，你看你水發伯這塊料去都市轉有食麼？做什麼？做警察啊。顧工廠，涼涼，免曬日，免潦水，一個月至少也有萬把元賺，贏過做田。有道！如何？有熟識的頭家嗎？替你水發伯留意留意。歹勢啦！我活到這歲數，七十多了，還不曾向人低過頭，逼到沒辦法，拜託一下。有道，若太麻煩就不必啦。你講阿蘭是麼？去祈土的墓找找看，祈土生前最疼惜這囡仔，幹，天理何在？祈土那好人也會喝農藥自殺，實在想毋曉。我老囉，太多事我實在想曉，種田人太艱苦，我後世人絕不出世種田人。

「有道，若麻煩，就拜託你了。勞力，勞力。」

八、祈土叔

祈土叔的墓，就在田頭。阿蘭的影隻就在墓前，她思念她的阿爸。那塊墓碑是庄內師傅認真刻上去的，刀路很深。「田祈土之墓」，立在田頭，看顧著拖磨他一生的田。

「田孩兒，你知麼？我阿爸是庄裡最好的做穡郎，他說他是從小鑽土長大的，土的鬆軟瘠沃，他鼻子聞一聞，就知道。」阿蘭說。

不僅在阿蘭的心中，在阿爸口中，祈土叔也是第一頂的做田人。

「你看你祈土叔，身軀的肌肉，日頭一光，汗水一落，油亮亮，站在田頭，就像從泥土裡長出來的人。你看他做田的神情，飽滿無憾，他不思稻子收成後的價格，單思如何種稻，看顧秧苗就像自身的汗毛，做田做入心，人和田成一體，這才是種田人。」

做田的哲學，我不懂，我是讀冊人。阿爸懂，阿爸也是讀冊人。祈土叔是種田人。

「有道，你阿爸最懂做田，可惜，早時七少年八少年瘋讀冊，頭殼讀戇了，多時不在田裡鑽土，腳腿鈍了，不再是做田的料了。你祈土叔是做田人拖磨一輩子，無法度。不過，我確實愛做田，做田人心厚善良，好作夥。我看秧苗一天天爬高，是全心肝爽快咧。」

祈土叔確實是親鄉親土的種田人。

那款樣的人喝八拉刈也親像在灌啤酒。祈土叔出事時，我在外島服役，在金門日想夜想著故鄉。阿爸在祈土叔喪事辦了後才在信中寫著：

「吾鄉時有變故不幸之事，汝在異鄉遠不可及，無濟於事，勿念。」

每一個字都足以把我思鄉的炭灰再燒個通紅通紅。

我是田孩兒，思念鄉土是該然。自十多歲的少年時離鄉讀冊，一去七年，也無親像現此時般掛記過家土，思鄉思過頭，頭殼親像火燒埔。

阿爸的那句話也讓我千想萬想想破頭：「拖磨你祈土叔的是時代，毋是土地。」

祈土叔是種田人，親土地，不干時代的事，但是時代做得了主，土地做不了主。

你親近土地，土地也不甘認親人。祈土叔！是不是這款樣？

四周並無阿蘭的影隻，也無祈土叔的影隻，只有祈土叔的名字留在墓碑上頭。

四周只有土地，田早已暗光了。

想起那時我和祈土叔作夥在水田裡，阿蘭緊跟在她阿爸身邊，她臉上有甜美的笑容，田裡的稻穗成熟的金黃色在陽光下閃亮，站在成熟的金黃稻浪裡的種田人臉上有著幸福的光彩。

這土地按怎使祈土叔親近伊，親像對母親的依戀？講起來只是土沙，做田人掘來掘去、牛犁來牛犁去也還是土沙。軟硬乾溼正好活長穀物，做田人這款樣疼惜她？

「有道，你這囝仔，土是能養活穀物的寶，你不知寶惜，這款樣去撒寶，別怨你祈土叔訓講你。你還細漢，大漢你就知影土是寶物。」祈土叔說。

祈土叔平常很少開口的，但是一開口就叫人心服，我看著祈土叔揮動鋤頭，又趨前細看，有了發見。

「阿蘭，妳甘有看著？妳阿爸的皮膚是土沙色，若躺在田哩，七八分要辨不清了。」

我把我的發現告知阿蘭，阿蘭的眼色就亮了起來。

「那是該然。田孩兒，我阿爸常和土沙作夥，免講會有兄弟色，你免見怪了。」

「阿蘭，妳也吃過泥味了嗎？講話這款樣跟土沙親？呸呸，聽得我滿耳朵的泥巴。」

「田孩兒，猴囝仔，我們絕交。你就無土沙味？你腳底踏的不是土？」

我腳底踏的是土，種田人腳底踏的也是土。怎麼踏出來的感情不同款？

九、阿爸

「一口一字田，種田人是站在中間背牛軛的苦命人。」阿爸說。阿爸總有他做田的哲學，他是讀冊人，不是做田人。

有道，為父解剖給你聽。

種田人是泥土裡長出來的人。普通人彎身想取田水洗手洗臉，一定弄得土頭土臉，種田人彎身取田水洗臉，三兩下就淨潔，這是田水驚生分人。田是土砌成的，和別項物件不同，土是地母皮，有感情。天靈靈、地靈靈。土能滋生萬物，不是平常物，你莫輕視它。

為父幼時看庄裡的種田人，透早就出門，播種、插秧、除草、收刈，有樣有序，日時在田裡流汗流血；夜時眠夢也爬去田裡拔草。因何？那是他的領土，可比將軍的戰場。大家來比誰種的稻子讚，秋收時，做田人在曬穀場比論農技，講得嘴角生波，全是稻仔長稻仔短。

那時庄裡有一位水土伯公，活到八十歲，身體還是很健康，每次農忙他也爭下田。有一次，要吃中午飯，媳婦找不到他，起動庄裡人去找，後來在賭仔坤的田裡找到，正蹲在田裡拔草，他說：

「我路過這裡，這死阿坤又跑去賭了，可憐這秧苗無人照顧，這死阿坤，草仔發這麼長囉。」

阿坤後來歹勢再去賭了，驚人笑也要驚死了，還敢賭？我講做田人夜時眠夢也爬去田裡拔草，不是做戲的。

但是為父不是做田的料，做田是一項角力，一項人和天的角力，不是常人可以勝任。天公是不講話的，你的對手是不能相對頭講話，你感想如何？所以做田人艱苦無處講，只能吞忍。為父是急躁的人，又愛講理，手無縛雞之力，如何做得做田人？但是為父真真了解他們。做田人出力是要飼一家夥的人，所以講做田人是站在田中間背牛軛的人，為父講錯？

現今的種田人，樣樣講速度，稻子一冬種三次，可比婦人一冬生三囝，勞死娘親。土是寶貝，現今人不識寶，連土都不認得，如何做得種田人？現今漸無種田人了。

想當時的種田人，是站在田中間背牛軛的做穡郎。稻子一種下去，人像著魔一樣，人和田成一體。現今是難找這款樣的種田人囉！

找無祈土叔。找無阿蘭。

十、包頭妗

「有道，坐在這兒憨神憨神，想什麼？天暗囉！」有道，你來給包頭妗胸口揉一揉，被你著驚一下。

你這次返鄉這時日，不曾來包頭妗家裡走動，是棄嫌嗎？有道，我很恩望你來苦勸阿明，阿明和你作夥大漢，較聽你。你來苦勸阿明放我去市裡流，住在家和媳婦歹過日，去市裡流，替人煮飯，養活自己，日子較清。

阿明自娶媳婦以後，就不和我講話，不顧念老寡母。一講話就懊面，講家裡缺這項缺那項，伊的良心。實情是他也迷簽大家樂，我講別樂，以後就栽死，他不聽我。媳婦講我嫉妒伊夫妻恩愛，吵鬧情緒，伊的良心。講講一大拖我聽，我是講「工」字無出頭，屈守在工廠出頭天的日子，阿明講他阿爸是做死在田裡，他也不會再拿鋤頭，伊的良心。他阿爸是駛鐵牛車倒撞死，他拿來做盾頭，一開口就若利箭射我，我還是去替人煮飯，日子較清。到這款地步，我看破了。

你講要找阿蘭，去阿桃家找找看，囡仔伴較有話講。這阿蘭變成這款樣，祈土的查某人也是有夠憂煩。歹年冬，每個人都是心是一大拖，唬，歹年冬，心事一大拖。

「有道，來我家坐坐，苦勸苦勸阿明，予我拜託一下。」

十一、祈土嬸

我從包頭妗家走向祈土嬸的舊厝。幹，自返鄉後遇到的熟識人皆是託我重任。從包頭妗家也是逃出來的，她要託我找朋友和阿明合股做園藝生意。這庄裡天色早就暗了，沒有園藝花香，只有牛稠的臭青草味，一隻牛的叫聲使我暗暗思想著人種種的志願，做一隻牛就不用想這麼多。

人的料不同樣，不像飼牛同料。阿蘭是做田婦，我是讀冊人，到如今大漢才知我們不同料。

祈土嬸的舊厝很快就到了。

舊厝有燈火，祈土嬸坐在內面，阿蘭的小弟，阿望，大概坐在桌前勤讀冊，並無阿蘭的影隻，厝內靜寂寂，揉死蚊子的聲音都可以驚動厝內的人。

我低頭一再看自己的腳底，祈土叔墳上的土也黏在此，我實在驚怕祈土嬸嗅出這墳土有她夫婿的氣味，彎身擦落，這土已半乾，一擦即落，我邊擦邊唸佛號。

「有道呢？入來，入來，我正聽候你。」

「有道，你莫驚怕，阿蘭是做田囡仔，她若是無離開土地，會受保佑，袂出代誌的。」

祈土嬸縫著衫褲，一邊叨念著，花布衫褲上有紅豔豔的花蕊。

祈土嬸的心肝底不知藏了多少女兒的心事要訴說，一講就停不下來。

阿蘭這囡仔從小就靈巧，很會替人著想。她阿爸真疼惜她，常講要讓她讀大學，阿蘭她毋愛讀冊，她講要跟她阿爸學種田。

祈土嬸數落祈土叔不該和人投資魚塭養魚苗。

他是種田人，會曉種秧苗，無曉種魚苗。種魚苗失敗，七了八了，了得脫褲。錢的事，無論如何，只要人在，總是可以想辦法的。他以為我會看錢重？其實我從來無怪他。

阿蘭這囡仔講要去台北，台北那麼闊遠的地方，我也阻擋不了。一枝草，一點露，家己的路家己行。台北住不下去，我也無怪她，台北那麼闊遠，一個做田囡仔如何住得？

就是這項吃鹽巴的症頭，讓我操煩。鹽不是零嘴物，吃多會打壞身體。她是失心瘋囉，她以為吃鹽巴會褪農藥。她掛念她阿爸，我知影。她阿爸喝農藥，她吃鹽巴，唉，這對父女真讓我全心肝掛念。

做人何必頂真？活一天，笑一天。對未？有道。

她弟弟阿望是真優孝，這囝仔，會曉養兔子，兔母生兔囝，他拿去菜市仔賣，賺幾文錢買書冊來讀。他和你幼時有同樣，瘋讀冊呢！

我還守著阮祈土的田，別人苦勸我賣賣掉，去市內住，我決心不賣，有土地就有希望，賣土地就是出賣希望……

「祈土嬸！」

「阿嬸？」

祈土嬸講呀講，頭歪靠在藤椅上，我喚了幾聲，無反應。我趨前細看，祈土嬸瞌睡了，嘴巴張開打起鼾來。

「有道哥，你莫見怪。我阿母時常聽候我阿姊回家，等得疲累就在藤椅上睡著了。」阿望說。

我看著這苦命的種田婦，日光燈照下來，慘白的光線，爬過她臉上一溝一溝的皺紋。

這苦命的種田婦，頭髮已乾枯枯且花白了。

十二、應公廟

田孩兒又來到應公廟，向應公伯討保庇。

因何找田中蘭的影隻？那一朵田野花像消失在田野裡般。

田孩兒因何落淚？你自返鄉，應公伯無見你笑過。古時田孩兒是個愛笑囝仔，你可是田孩兒本人？

應公伯只是一尊尪仔，如何解我心肝內事？我還是猶如幼時，做田孩兒的時代，愛搬演。四周寂無人，甚至也無蜘蛛的影隻。這庄裡靜寂寂卻又這樣多事，我幾次想橫心橫肝離開不再參涉，無奈自小踩過泥巴的腳底，早已溺在這庄裡。我如今已像做田人走到田頭，日頭落山，返頭了。

「有道，你免驚怕，阿蘭是做田囡仔，她若是未離開土地，會受保佑，不出事的。」

祈土嬸的話突然浮上心頭。

祈土嬸，我知。

尋人啟事，二十三歲女性田中蘭，略有精神失常，本月初三走失，身穿綠底黑點短袖襯衫，藍色運動長褲，身高一六〇公分，略瘦，皮膚稍黑。若有仁人君子知其下落，請和苦主聯絡……

一天兩車禍，三死一重傷。XX訊，昨日凌晨二時許，一名年約二十歲不詳姓名女性，徒步經過郊區XX路與XX路口，不慎被一部不明車號車輛撞倒在地，頭部嚴重重傷……

大圳溝中浮現女屍，頭臉有傷死因待查。XX訊，昨日上午，XX工廠後面圳溝附近居民見可疑浮物，當時有人認為是被棄置的塑膠模特兒，而未特別注意，到了下午五時許，附近兒童下到圳溝玩耍，仔細一看，發現是屍體，居民才向XX分局報案，警方據報後，立刻派員趕到現場打撈，至晚間八時許，屍體終於撈起，是名年約二十五歲的女子。該女子……

「望仔，且慢，且慢讀，我指頭被針扎到。」祈土嬸說。

「阿母，不要啦，我們不要再讀了啦，報紙都會騙人，阿母莫信它。」

阿母莫信它！是，是這樣。祈土嬸莫信它，唉唉，有道後輩無能無力，若軟腳的貓隻，屈在壁角品聽寡母孤子的對話，眼淚潸潸流袂剎，我哭我的鄉親眼淚若自來水流，我的鄉親若哭，眼淚若地下水躲在土底，人前人後還是笑瞇瞇，到這來，我若溜腳離鄉，就永世別肖想坐飛機去讀冊，這土這鄉讓人心甘疼丟丟，有道已非細漢的田孩兒，連思路也顛顛倒倒，全然讀冊人的風範。

想當年還是做田囝仔，聽家鄉老人唸歌詩。

黃枝開花在山腰，日曝溪水微溫燒，褲底若濕被人笑，若無艱苦……

若無艱苦。錢——沒——著。若無艱苦。錢——

「嘎——有道，是你，我以為是誰在這裡唸歌兼啼哭，看你屈縮一團，親像細漢嬰仔，別這樣，找得太累了，我看你明天就回去，別再找了，阿蘭反正已起瘋嘍，你是好好人，別折騰下去，有道，你聽我的講。」祈土嬸說。

我呆呆看著祈土嬸的身影，巨大無朋，真以為是地母神的靈光，怔怔說不出話來。這一趟返鄉，將我在市內的那一條命溫吞吞地撕成裂片，在鄉裡的這一條命，卻還在游離，那舊魂還未鑽回殼裡，一切這樣無法料理。市井朋友識不得我，庄裡的人也識不得我，我心肝兩邊倚兩邊崩，無一處平身。喔，這頭殼若旱土要龜裂了，一道靈光倚來，終於裂成兩半。

十三、黃枝開花

「有道，你是安怎？」

「有道兄！」

「田孩兒，怔神來。」

啊，誰在叫我？原來是阿蘭。

我握緊阿蘭的手，乾乾粗粗的感覺，原來是土沙。

「阿蘭，我找妳很久了，妳跑到哪裡？」

「我去找阿爸。」

「找到了嗎？」

「沒有啊，他出門去種田，田孩兒，我找阿爸的田。」

「別再去找啦，妳阿母想妳，妳跟我回家。」

「不要！」

「阿蘭，莫走，田中蘭。」

阿蘭跑向田埂，在田埂上就像一朵田野花，她是一絲一毫也無變纂，我從田中央撩過，才攔住她，兩個人都跑得氣喘吁吁，我想起祈土嬸在家日思夜想等著她，狠狠給她一巴掌。

「你起瘋呢？」

「妳甘知影妳阿母等妳等得心肝痛？」

阿蘭幽幽地坐在田頭，不再似幼時哈哈鬧鬧的田中蘭。受苦無人問，走到田中央。受呀苦呀無人呀問，走到呀田呀中央。她什麼也不說也不鬧，只是唸歌，變了哭調的歌。

「有什麼痛苦提來解決，唸歌無效，別學古早人。」

田孩兒，啊，我們已經登大人，你已不是田孩兒，我也不是田中蘭，你知麼？我流浪去台北三年，誠艱苦，若親像土沙讓人撒來撒去，都市人不知寶惜土沙。我真肖念庄內，毋敢轉來，讓阿爸失顏面。哪知我阿爸就那樣死了，不值，不值。

我有時想，這是一場夢滲騙局，以前種田，窮也窮得笑哈哈，大家都一樣，我去台北才知我的庄內憨天真。都市人不是這樣生活的，他們不是。我回庄裡，阿爸變了，他和以前也不同樣，做田也不起勁，他講他是做田伕，不再是種田人嘍。

阿爸，我欲去找他，我驚他無伴。

受呀苦呀無人呀問。

我望著阿蘭嘻嘻笑著的臉，伸手想緊緊地拖住她，她還是呀呀唸著歌，臉整個飄起來了。阿蘭，妳莫起瘋啊，人總是要拖磨一生，古早人不也是這樣磨過來的？黃枝開花在山腰，日曝溪水微溫燒，褲底若濕被呀人呀笑，若呀無呀艱苦呀錢沒呀著。若呀無呀艱苦呀錢……

十四、人壁

「有道兄，怔神。」

我遙遙聽見阿望的喊聲，就睜睜看不見阿蘭的身影，只是在夢中找到阿蘭。

「有道哥，你眠夢呢？燒退了，你淋太久的雨，病了。」

阿望講話的氣息溫溫的，我遍地看著，明明沒有阿蘭的影隻。

「你阿母呢？」

「和庄內的人去隔壁庄，鐵仔工廠那裡，阿母叫我看顧你。」

「我好了，你顧厝，我要出去。」

「不要啦，有道兄，不要啦。」

我聽見遠遠的田裡有阿蘭的歌聲：黃枝開花在山腰……受呀苦呀無人呀問。阿蘭已經返鄉了，在庄頭附近，我肯定。否則我的神魂如何找得到她？

一路神魂顛離地拖著腳步，隔壁庄就在目睭前。

那間鐵仔工廠旁有一片曠地，今日是夜市擺攤，人潮鬧熱熱簇作夥，賣雞蛋冰的老木箱，香噴噴甜蜜蜜的蕃薯糖，綠的紅的黃的不色澤的蜜餞攤，買仙草冰的人潮。人群裡老的、青的、幼的全專心瞧著同一方向，不知在觀賞什麼特別的表演，如同謝神拜拜，種田人圍觀的戲台。

我想趨前打探熱鬧的人，這人潮裡或許有細心見過阿蘭。人潮一層一層包裹戲台，像一層一層人砌成的土壁。

「啊啊——」

人群土壁有聲浪的震動，那驚愕是足以撼動地母的。但是這吼聲不似發自日落時在田岸唱牛犁歌的田伕的胸腹，而是動物野性的嚎叫。

我鑽進人壁的土層，蹭坐在石灰泥地上，抬起頭殼，目光接觸到戲台上一個幾乎全裸的女體，我哀哀地說不出話。這人壁層層包圍著，一時我竟無法遁去，一種無形的物質將我鎖在頂頭。

「快，快用鹽包起來。」

一雙猶若生了黃枯病的手，種田婦焦急地在裸體的女體上塗著鹽巴，臉面背著綺紅的燈光，頭髮焦黃，衣衫破爛，那塗著鹽巴的動作慢慢緩和下來，竟像母親拍撫著嬰孩一般。

女體像蛇一樣遁入布簾後，人壁像崩了一般，疏疏落落喊著抓瘋仔，有人跳上戲台，我被推下戲台底，撐持著站起，我無論如何要把阿蘭帶回庄裡，這田中蘭竟行來到戲台頂。

「你們還在看戲呀？」

阿蘭攀到戲台的支架上，盤著手質問台下的人。

「阿蘭，我的心肝囡仔。」

那乾嘶的聲音，是祈土嬸，她現在來，不是時候呀。

「阿蘭，我的囡仔。」

「阿蘭！」祈土嬸沙啞的聲音。

「阿母——」

阿蘭像怔神一樣，呼叫娘親。這怔神卻是危險的，她意識到自己是攀在不落實的支架上。然而這意識是如露珠般短暫，那支架也怔神一般垮了，在人潮的圍觀中，戲台不負責任地倒塌了。戲台上的人都像猴兒一樣逃散。只有阿蘭，那一朵田野花，離了土的田野花，和戲台一樣，埋進眾人的視線底。

我從後腰牢牢抓住了祈土嬸。

「啊！啊！」

她乾嚎了兩聲。

倒塌的棚架殘骸中，那盞霓紅的燈一閃一閃亮著，最後也寂寂地滅了。

原載一九八八年六月十三－十五日《自立晚報》副刊
二○一四年五月四日潤稿

終其尾，伊猶是無法度固守著阿爸留落來的記持，當三多路的爆炸聲破開伊的眠夢，伊猶無一時就了解嘿个聲音是天公伯欲將伊綴離開土地的告示。

伊有時數念欲等老叩叩的時陣轉去苦瓜寮，一直攏沒實現，現此時，伊的記持也斡頭走揣囝仔時佮阿爸去甘蔗園的情景，阿爸行佇頭前，伊對佇後壁，甘蔗園的風吹來颾葉的聲音，伊真驚會予蔗葉刮著，彼種風聲專門嚇驚囝仔。

「進田，你愛記著，你是我楊阿生的囝。」

伊斡頭看阿爸，阿爸的面黑黑，目眉有一粒痣，無講話時看著親像關公，講話時親像媽祖，阿爸塞一粒貓芭樂仔予伊，黃熟又閣飽滇，伊若寶貝收著，後來囥佇棉被裡囥甲爛去，予阿兄笑伊阿呆。

「誰才是阿呆？」

「你就是阿呆，才會用苦瓜寮六分的土地，去換高雄一幢樓仔厝。」

楊進田賣土地的故事流傳佇苦瓜寮，算來已經有四十冬矣。伊那筆土地正當對縱貫路欲入來苦瓜寮的路邊，四四角角正範，用來起建工廠上好的所在。分食彼工，按照抽籤來分家分地，伊抽到北勢州的歹園仔，一時間心頭酸，伊還氣憤講傷感情的話：

「阿兄阿嫂敢毋是作弊？我歹運抽著歹園仔，歹園仔種什物攏歹收成，以後阮欲按怎過日子？」

「田仔，你按爾講敢是良心話？你冤枉人以後會有報應。」

兄嫂的目睭掠伊金金看，伊知影兄嫂守著庄跤的艱苦，只是抽著那款籤，誰人會當甘心接受？伊無料想著傷感情的話，會佇兄嫂的心肝頭淤幾十冬，淤甲變成一條黑暗的水溝，剖開兄弟的手足情，查某人通常是查甫人感情的破壞者，猶閣全理由了了，你攏講輸伊，查某人的舌本來就生著綿綿，比查甫人敖講敖辯，講話牽絲牽輸伊。

伊無講過抱歉的話，伊明知影兄嫂，尤其是阿嫂怨切伊，伊亦是無落軟的屈勢。

「人就是愛活著有志氣。」

講著志氣，伊就嚥氣，佇外鄉無法度靠家己的能力買厝，愛靠賣掉早死的老爸留落來的祖公仔屎去換厝，伊這世人攏無志氣佇紅格桌前講大聲話。

「都市彼個野獸吃人無留骨頭，你連抗議的目標攏找無。」

伊的志氣是等後生考著大學以後才有，後生讀西仔灣那間大學的電機系，這是上好的落尾人生，靠子兒序小出脫重整人生的名聲，伊佇苦瓜寮的名聲是後生替伊撿轉來，無人閣再講伊是無路用的查甫人。

「來到高雄這个所在，有路無厝，敢講欲予某子淋雨曬日？」

伊位十外歲的少年時就來到高雄的加工區食頭路，阿姊猶是，伊佇加工區車帽仔，彼的帽仔出口去東南亞賺外匯，伊佮阿姊的家庭佇籬仔內安搭，姊弟仔相挺相照顧，攏是農村徙來城市的工人，做穡人變成做工人，無卡快活過日，攏愛拚生拚死顧三頓。

彼時，阿姊綴領伊去聽孔子公的課，彼就是一貫道，伊誠討厭人講「鴨卵教」，阿姊講彼是被人抹黑，毋過是驚台灣人結社結黨，只是聽講經爾爾，有什麼問題？敢講用嘴講就會翻桌造反？

伊誠愛聽人講經，伊細漢干焦讀過幾冬冊，讀小學拄著日本時代的煞尾，日語讀五冬，ㄅㄆㄇ讀一冬，不三不四，讀無成樣，每一擺聽講經，伊攏感覺是阿爸陪伊佇聽，伊一世人攏會記著讀冊頭一日，阿爸綴伊行過牛車路，行過有吊燈仔花的圍籬，出門時，阿母問阿爸，予大兄綴小弟去學校就好，哪就愛撥工綴伊去讀冊，不而過，阿爸堅持欲綴伊去，伊看著阿爸大蕊的目睭誠堅持，伊誠歡喜對佇阿爸的後壁，阿爸叫伊行佇伊身邊，有時陣會牽伊的手。

伊若知影彼是阿爸唯一一擺牽伊去讀冊，伊會將阿爸的手牽牢牢。

「進田，你愛好好讀冊，大漢幼孝你阿母。」

阿爸講這句話了後，無幾冬就破病過身矣，肝熱仔，彼是日本戰爭煞尾的傳染病，伊毋知阿爸是按怎破病？伊知影家族的人怪阿母無照顧好阿爸，予阿母一世人掛意佇心頭。

青春時欲娶某，伊頭擺去隔壁庄大社提親，路過甘蔗園，阿盞伊兜的田園遐大片，伊感覺誠有安全感，無毋對，土地予人安全感，你會當佇頂面種作，種什物發什物，寶島的名號果然名不虛傳，阿盞也予伊這款的安全感，彼種查某無論對你去多位攏堅貞有情。

阿盞攏總為伊生四胎，誰知影第四胎是查某囡仔又閣是一個弱智，伊愛煩惱伊一世人，伊無感覺伊細漢有啥無工款，只不過放屎比較 kah 臭，伊以為是囡仔吃傷濟，但是伊的屎一直攏遐臭，總是予人感覺淡薄龜怪。

本來娶阿盞時，大家攏恭喜伊娶著好額人，阿盞伊兜佇大社的土地誠濟，可惜攏留予後生，查某子嫁出就靠翁婿，伊也毋知是不是會當予阿盞什麼依靠，就親像伊去高雄的路也是後來才發見的轉踅。

轉來轉去，位故鄉到他鄉，伊將某子牽牢牢，佇高雄籬仔內先租屋，佮阿姊作夥租一幢樓仔厝，伊住一半，阿姊住一半，兩家夥的人加起來十二个，囝仔睡通鋪，半樓留予大漢子。阿姊伊答家也住作夥，阿婆目瞯青暝，食飯時常用手摸菜，伊看著袂習慣。

想著伊佇高雄起家的往事，彼時陣流行起販厝，一批一批黏作夥實在住袂慣習，苦瓜寮的平階厝是分食了後起的，伊佮兄嫂一家住一爿，日子無人好過，後來阿兄去台南發展，伊佇高雄加工區食頭路，某子攏留佇苦瓜寮，囝仔大漢開始出外讀冊，伊猶將某子接去高雄住作夥。

伊袂愛住販厝，位頭前看對後壁感覺黑暗暗，有時陣看見阿婆佇摸菜，一種無清氣性的感覺，使伊更加心頭糟，沒幾冬阿婆就過身矣。

伊數念苦瓜寮佮兄嫂起相黏的厝，尤其數念佮阿爸住佇舊厝，可惜彼間舊厝分食時分給小弟，伊真緊就賣掉去高雄換一個水果攤，三多市場賣水果的「目鏡仔」就是伊的小弟。

是按怎無人怪小弟賣舊厝，顛倒怪伊賣歹園仔，是不是小弟賣果子賺的銀錢濟就算成功，伊佇加工區賺無銀錢就算無路用的人，愛等伊的後生讀大學來解救伊的名聲？

也就是伊開始聽講經的跤兜，台灣的經濟也同時陣起飛，伊感覺這是孔子公的威力無邊，台灣人有好日子通過，聽講經更加拍拚，道親講伊誠虔誠，伊帶某子攏去求道，點傳師將怹全家人攏點燈作記號，老母娘遐有記簿，天堂有徛位。對，徛位變座位愛經過磨練，這是伊求道的開始。

伊佮兄嫂也是因為求道的代誌感情煞變薄，聽經聽愈久愈感覺兄嫂無求道的心，伊的觀念轉變了，伊佮道親愈來愈親，世間的親情變成薄紙，人終其尾攏愛找一條路草，伊誠歡喜家己已經找著，替還徛佇路邊的兄嫂叩首，伊每日叩首，也訓練兒女叩首，彼時，伊感覺離天頂的家誠近，離工廠的煩惱愈來愈遠。

就這樣，伊佮阿姊渡伊住高雄的弟妹，這猶是一款做人二兄的成就，干焦住佇台南的兄嫂毋願點燈，有時陣，譬如暑假來高雄七逃的侄子姪女，阿姊會安排去予點傳師點燈，其實點傳師是伊的妹婿，所以侄子姪女攏走袂去，伊誠拍拚傳道，希望天頂的老母娘會當記持伊的虔誠，將伊佇天頂的徛位變座位，從此以後伊佇厝尾頂的佛堂叩首更加大力，聽後生查某子求道的禮儀也虔誠，伊感覺誠有成就，世間卡濟的銀錢攏比袂過信仰的價值，尤其是綴後生查某子來學道。

「跪——叩首，一叩再叩三叩四叩……」

後生拜彌勒佛的禮儀聲堅強有力，彼時，伊親像看見阿爸牽伊的手去小學讀冊，彼一日的日頭親像金黃色的餅。

有一日，一个大頭家專工位苦瓜寮來高雄找伊，大頭家講欲佇苦瓜寮砌一間皮革廠，向望伊將彼塊歹園仔賣予伊，伊才想著後來的土地重劃，彼塊歹園變成工業區用地，四四角角正範的地，大頭家誠佮意，人生料想毋著，竟然有人會佮意歹園仔，伊阿兄的園猶原佇種甘蔗，伊的歹園仔收成不好，對伊來高雄的人生無啥幫贊，現此時變成一個轉的點踅，予伊的人生位烏暗轉踅入光明。

伊欲將阿爸的祖公屎賣掉嗎？伊敢有欠用銀錢？銀錢永遠攏不夠用，老實講伊佮阿盞兩人的頭路，伊佇加工區做工，阿盞佇砌厝的工地擔土石做小工，育飼四個囝仔有夠用，還袂落魄到愛賣祖田的地步。

「楊先生，我拜託你，就算當作予你故鄉的人有一個就業的機會，嘛算一個功德。」生意人的嘴親像裹蜜，蜜來蜜去，攏總來怹兜行踏五擺，將伊的耳空蜜甲甜甜軟軟的，使伊點頭答應，伊毋敢講賣幾銀錢，六分地賣七十萬爾爾，伊佇籬仔內買一間大間的樓仔厝，彼時，伊的兄嫂位台南透眠坐車來罵伊：

「就是欲賣也會當賣一個好價帳，你賣遮俗，是將祖公屎拍賣嗎？無路用的人，全苦瓜寮上無路用的人，全世間上無路用的人。」

兄嫂罵伊罵到規條街仔路攏清[1]煙，伊對兄嫂的怨氣更加無解，親像繩索將規個籬仔內攏捆綁的感覺，無法度解脫。

「你敢對得起阿爸？」兄嫂問伊。

只有聽講經以及佇佛堂對老母娘叩首時，伊身軀的繩索仔才會當放落來，就算放繩索，伊也是收起來囥著誠整齊。

這款查甫人一世人就親像過一工，無變無化，無懸無低，無黃無綠，比日日春的花蕊卡定著。

後來兄嫂專工來高雄參觀伊的新厝，樓仔厝正當路的盡尾，是路衝啊，兄嫂講。伊頭一擺看清楚路的走向，路確實親像一條河衝對伊的厝內，不而過，若是換一種想法，開門見路親像看見希望，亦是一種日頭光的感覺，敢一定愛對歹的方面去想？

「我臆，你誠實驚慣習矣，連路也驚？」

「古早人連行路都驚路衝，人欲蹛一世人的厝按怎無知通驚？你阿呆啊，田仔。」

彼時，伊的拳頭母鄭著，真想對阿兄的面 moh 落去。

註 1
清：tshìng。

誰料想會到，三冬後，第二個查某子罹著白血病，伊賣掉最後的田園，這擺賣愈俗，伊甘願賣田園救查某子，一擺閣一擺送伊去病院換血，彼時，伊誠懷念阿爸牽伊的手去讀冊，按怎伊牽查某子的手是去病院？這人生親像無蓋蓋子的斷崖，伊一直跋落去。

伊佇苦瓜寮的土地永遠失去了，還閣賰啥物？只偆伊佮阿爸手牽手去讀冊的記持。有時陣，伊會想起佇病床前手牽查某子的手，伊彼雙手最後只賰一層白蒼蒼的皮包著，無什麼血色，伊真傷心，這個囡仔是四个中間上嬌的，是按怎天公伯欲將伊討轉去？伊誠實毋甘願。天公伯也誠實無公道，無管伊佮阿盞的感受。想到遮，有時會傷心無力，有時又閣予伊力量，變甲誠勇敢，想欲偎佇天公伯的耳空邊講話。

「天公伯，拜託您，請您看顧我這个歹命人。」

有時伊感覺連講攏毋免講，該獎該罰，該贏該輸，該紅該黑，敢不是早就已經註好好矣，敢有需要向祂哀求，天公伯若需要人哀求才幫贊，敢有資格叫作「天公伯」？

毋過，這款的想法浮浮沉沉，好日浮起來，歹日沉落去，伊的心情佇佛堂亦浮浮沉沉，伊領著這款浮沉的心情叩首，親像跪佇老母娘晉前塞乃，伊就是無一个堅強閣有力的阿娘替伊出氣，自從阿爸過身了後，伊佮兄弟姊妹受盡苦楚，阿母就是傷軟者，又閣頇顢，事事項項看大房阿伯的目色，大伯毋是毋好，只是無替恁兜設想，六個囝仔也袂大漢，親像行佇路中央，命運就是對面直直衝來，伊的新厝就是彼種感覺，這是伊心肝頭的秘密，伊連阿嬸也無講過。

想袂到故鄉的人會笑伊憨呆，慢慢生湠出去的臭名使伊感覺委屈，按怎大漢變成這款模樣？這不是伊向望的情況，伊應該有骨頭有志氣徛直直，毋是倚佇老母娘的跤尾塞乃討保佑。伊聽孔子公的課攏無停過，孔子公加上老母娘予伊雙層的安全感，是啊，伊自從聽孔子公的課就有頭路通倚靠。

「孔子公有一句話講……」

伊的後生恬恬無認同，彼是四書的經冊，只是冊，毋通開嘴闔嘴攏是孔子公，使人厭詘。

「愛按怎做才袂使人厭詘？」

自從伊賣掉苦瓜寮的歹園仔，亦是一種做老爸失敗的告示，伊等於無法度閣再將祖產傳予後生，無像伊的阿兄會當將祖產傳落去，阿兄佮伊攏孤生一个後生，只是阿兄的田園攏會當留予後生，伊已經無田園通留予後生，連一分一釐的田園攏無，現此時伊才發見這个悲哀的事實。

後生佮伊無算親，敢是因為遮的因素？伊只有一个老母娘的信仰留予後生。佇外人面前，伊遐大聲講孔子公佮老母娘的道理，也只是欲遮蓋伊無讀冊的自卑感，一个加工區的工人會講經冊的道理誠實厲害！

「田仔，你敢知影彼个皮革廠會汙染？」

「你講啥？工廠會汙染？」

伊作眠夢亦料想袂到，以為皮革廠會予人就業的機會，後來竟然變成汙染的工廠，故鄉的人由恥笑變成火氣，後來汙染的工廠愈起愈濟，伊彼塊地變成汙染的開始，故鄉人笑伊生雞卵的無，放雞屎的走第一。命運就是使人料想袂到，若是料想會到，就毋是命運矣。

伊竟然無固守好土地，對伊的歹園仔開始替苦瓜寮帶來汙染。

「你正港是歹園仔。」

這句話確實親像刣伊的肉斬伊的骨，伊的人名變成一齣悲劇。祈求買進田園的寄望變成賣出田園的悲哀。

有時陣，伊看見阿爸的影隻行佇歹園仔，亦閣種甘蔗的歹園仔，甘蔗田的風亦是親像欲刣人，卻是足有生命力，原來閣再歹的田也是一種希望中的希望，無論種什麼攏好，就是一條菜瓜、一粒土豆也好，一旦田無閣再種作，就永遠失去希望矣。

伊無閣再離開伊的厝，就是路衝的厝，叫作「歹厝」也是厝，予伊佮某子遮風蔽雨的所在，重新徛起的所在，伊已經知影愛保惜它，只是這種體會攏嫌傷慢矣，一个無田園的人閣來講保惜土地，親像寡婦望生子給款空思妄想。

過無偌久，伊的後生佮大漢查某子攏離開厝，只賰彼個弱智的查某子留佇身邊，晟飀的子終其尾愛飛走，飛向伊的人生，像伊細漢時歕[2]飛機草的花絮，一飛就無還頭，一飛就飛向日頭光，袂閣再轉來起飛的所在。

彼个無生智慧的查某子確實誠幼孝，阿盞後來替伊找一个無棄嫌的跛跤翁婿嫁出去，過二冬生一個查某子亦是弱智，按怎無想著愛替伊節育？予伊閣再生湠一個歹籽？伊是鐵心肝鐵腸肚的老爸，毋予伊生湠後代，按呢敢不是承認家己的種是歹的？所以毋通閣再生湠。

有時伊想著小弟賺錢像水佇流，伊賺錢親像跤爬山崙，一个是天，一个是地，一个快活，一个艱苦，伊了解生理人的苦衷，亦袂比做穡或者是做工卡簡單，攏是艱苦人。

伊的小弟分食時也是抽籤抽到歹園仔，毋過，小弟賣果子幾十冬賺錢熱滾滾，毋免靠勢祖產，小弟的田園三年前才賣掉，你知影伊的歹園仔賣啥價帳？四千外萬，小弟替侄子買一間電梯別墅的別莊，還有賰二千萬呢，天公伯敢有靈聖？老母娘敢有靈

註2
歕：pûn。

聖？平平是六分的歹園仔，我賣七十萬，伊賣四千萬，相隔四十年，你講敢有天理？是按怎命運遮爾創治人，愈老愈哀愁。

「你正港是歹園仔。」這句話佇伊心頭尬滾，傷心傷肝傷肺傷腸肚，伊感覺人老誠多。

阿盞也老矣，伊近年來的行動無方便，本來只是跤頭窩會疼痛，手術了後變成愛鰲拐行路，以前使伊感覺驕傲的某亦變成歹某矣，按爾想實在無情無義，只是內心彼種稀微的感覺像雨落來，給伊的目睭親像罩濛霧。

歹園仔歹厝歹某歹查某子，想來憂愁會牽絲的人生，伊的一生終其尾按怎遮爾歹命？敢是應著兄嫂所講的報應？

伊實在毋應該講人的歹話，枉屈別人，如今報應佇伊身邊的人身上，干焦大漢子亦是孤子成材，這是一種安慰或者是悲惘，伊毋知影，親像是天公伯留予伊的安慰，老母娘的安慰留佇後世人。

現此時，伊看著家己的身軀欲飛上天頂，親像輕柔的飛機菜的花絮，塗跤的世界攏佮伊無關係，遐爆炸的路面，三多路亦是一心路或者是凱旋路的路面，破開的路面親像剖開的心肝，伊恍惚中想著伊的大漢查某子婿住佇一心路的巷子內，伊想欲去看覓，一心路誠嚴重地炸開，毋過，巷子內猶原保持平坦，伊流著感激的目屎，感激天公伯無傷過分打擊伊，留一絲仔希望予伊的子兒序小，閣再歹的命攏會當活落去。

伊的身軀飛過炸開的路面，遐親像予一條河對路直直衝開去，是真的，若是天頂落雨，路中央會親像一條河流，流向高雄的心臟文化中心，遐是伊少年時感覺有希望的所在，所以伊買厝佇籬仔內，倚前鎮區亦倚文化中心，做工人亦有一絲仔文化，文化是伊的希望，伊留予後代的希望。

後生佇楠仔坑買新厝欲接伊去住，終其尾，伊有一个會當倚靠的柱仔，後生是柱仔，查某子是一世人牽絲的掛念。

「籬仔內的厝欲按怎？」

「賣掉啊。」

後生彼種無考慮的聲嗽使伊畏寒，就親像現此時伊飛過熟悉又閣生分的路面，熟悉是因為伊佇遮住遐濟冬，生分是因為伊毋知影城市的下面竟然埋藏遐爾濟的石化管，牽來牽去將規個城市綁牢牢，彼種捆綁有淡薄像伊的歹命人生，伊楊進田祈無著田的可嘆人生，好田親像順順流的大河人生，歹園仔親像石化管的牽纏人生。現此時伊看清楚伊人生的牽纏，原來就親像這種石化管，埋藏佇塗跤不見天日，無希望的管。

伊無感覺家己的跤已經離開身軀，伊欲想是按怎會轉來籬仔內的厝？伊不是已經搬去佮後生規家住作夥？按怎又閣轉來？記持愈來愈顛倒。

「你遮不孝，我欲轉去舊厝蹛！」

伊想著彼日食過豐沛的暗頓，無知按怎佮新婦生氣，伊氣甲欲清煙，騎舊機車轉來籬仔內的厝，這間路衝的厝連欲賣都無人欲買，真正是歹厝。伊小可拚掃了後就爬上眠床睡去矣，誰知影會睡到半眠拄著氣爆的災難？轉來轉去轉無鄉，歹來歹去歹運命，就按呢順續轉去也好，無人疼惜無人記持無相欠無煙無火，伊只是想欲轉去苦瓜寮彼條牛車路，走揣伊佮阿爸行相倚的路草，無奈伊的跤予石頭壓著，伊拚命欲位磚頭堆鑽出來，就算規身軀攏爆炸碎糊糊，只賰一條跤腿，伊亦是欲飛轉去故鄉。

現此時伊的跤徛佇苦瓜寮歹園仔，皮革廠猶原誠有活力佇運轉，工廠門口有一欉吊燈仔花，但是無人看著伊，伊只賰一絲仔氣力，又閣再向牛車路飛去，伊的跤揣著牛車路就停佇遐，然後就毋知人矣，親像飛機菜的花絮飛上天頂，飛去天公伯的身邊，變成小小的一蕊花。

無人看著伊的一生，只賰牛車路邊亂亂生的野草，野草的花蕊心有一隻胡蠅，看伊一目睨。

青暝牛

熱日的尾溜，㨂仔差不多亦攏挽了了矣，應公廟的香火冷咧，阿舉行到菜脯寮的㨂仔樹跤，已經跤軟手軟無法度閣再啟程，恬恬將牛縛佇樹跤。

他心肝頭盤算著善化的牛墟是絕對袂使去露面，盈暗他趕路位大目降行到這村莊，上半暝的時間攏置路咧。遮是他佮美嬌卡早來過的所在，想著他的牽手美嬌，阿舉心內有淡薄仔酸甘甜誠複雜的滋味，若不是為著伊，他是湛然袂做今日的代誌。

「路公伯仔，我是不得已咧。」

阿舉雙跤踏入應公廟，順手想欲拏香點火，目睭看路公伯仔一目睨，手又閣縮轉來，路尾他干焦合掌拜拜，喙脣一開一闔跟路公伯講誠濟話。

話講煞，他感覺目睭痛痛強欲薙[1]袂開，暗頭仔的光線本來就無蓋好，他一路趕路亦跋倒真濟擺，他閣再斡頭看綁佇樹跤的牛，牛忽然間變成青色，是，是青色，佮樹葉同款的青色！阿舉暗暗驚惶這個庄頭的路燈色緻遮呢龜怪，閃熠幾擺就變魔術，竟然將他的牛變成青色！

水牛是泥潦色，黃牛是赤黃色，他的牛上稀罕，盈暗轉青色。實在龜怪，他明明看好勇壯的水牛才牽走，給牠相一工的時間矣，看牠食草、擔牛車、犁田，比娶牽手相親閣卡慎重，明明他看佮意的是一隻水牛，今馬煞變作一隻青牛？不管啦，會當犁田攏好，態管牠是佗一種色緻？不而過，青色的牛若是佮其他的牛作夥，就會真顯擺，是不是會予人認出來？嘛有可能顛倒認袂出來？向望牠天色漸漸光了後會閣再褪轉去水牛色。阿舉又閣合掌拜路公伯，拜了又閣再拜。

「路公伯仔，毋通創治我這個歹命人。」

阿舉想著今仔日出門交代美嬌無轉去食暗頓，美嬌恬恬無應話。想著伊，阿舉心肝頭鬱卒鬱卒誠礙謔，一個查甫仔拄著這款硬氣的查某，淪落行險路的命運。

「美嬌，妳敢知影我攏是為著妳？」

美嬌敢會當了解他查甫仔的心聲？他真梟疑，自從伊開始去菜市仔賣菜了後，伊

註 1
薙：thí。

佮賣蝦仔的阿興眉來目去傳情意，他攏看在眼內。盈暗他總算做一件予美嬌看得起的大代誌矣。

阿舉想著美嬌妖嬌的笑容，心內一陣甜吻吻的感覺。

斡頭看綁佇樹跤的青牛，他的心又閣踅轉來現實世界，他費盡心思竟然牽著一隻青牛。

「你就是青暝牛，做代誌攏袂溜掠，牽一隻青牛作記號？笑破人嘴。」

美嬌的目色煞變一陣熱天風篩，佇他心肝頭旋轉氣流，篩過來篩過去，他的心搖來搖去，美嬌心情好時是春天的微風，心情穲[2]時是風篩天的土石流，他的查甫氣概予婧某篩甲賰一支草，閣有皸痕，他感覺家己的人生親像火車敗輦。

「美嬌，我望妳知影我不是貧惰的查甫。」

阿舉想著阿爸、阿母佮老祖公、老祖媽，定著袂諒解他偷牽別人的牛，他感覺規身軀一陣一陣的畏寒，今馬看牛的色緻正港是青色無誤，真害，天光了後，青牛藏袂牢，無定著規庄頭的人攏走來看鬧熱，若按呢發展，他佮青牛就變成灶雞仔仙表演笑詼矣。

下半暝咻一下真緊就過去，阿舉目睭橫霸霸掠青牛金金看，過一時仔，想著這一世人終其尾變賊偷，他的目屎含佇目墘，珠淚滴滴流洩置土跤，他向望盈暗是一場陷

註 2
穲：bái。

眠[3]，他向望從來毋捌娶美嬌彼個柴耙作牽手，亦不管伊是不是守婦道，是不是強強欲旋藤出牆圍？婚姻不是查甫佮查某鬥陣遐爾簡單，因為伊一時仔的目色爾爾，他就來淪落作賊？想到遮，千縷萬絲的心情置心肝頭絞滾，阿舉昏倒佇應公廟邊虛累累睏去。

阿舉袂記持那隻青牛亦閣綁佇樹跤，牛已經攝屎攝尿攝袂著，家己解脫排泄，樹跤攏是牛屎味。

也是牛屎味將一個婦人晟[4]來應公廟。

*

日頭燒燒照著阿舉的額頭，阿舉倒佇清氣的眠床，他現準講（以為）已經轉來厝內，不而過，他感覺房間的擺設真雅致，不是他所熟識美嬌的厝。

「你精神啊？人感覺啥款？」

一位輕聲細語的婦人笑微微徛佇眼前，阿舉心內一陣驚惶，不知陷眠到天庭佗一層天？想著彼隻青牛，阿舉面色轉酸黃，昨暗的暝哪會遮呢長？

「我的牛咧？」

註3　陷眠：hām-bîn。
註4　晟：sīng。

「免煩惱，你的牛綁佇牛稠，你透暝長途跋涉，來食一碗菜豆仔糜枵飢。」

婦人傳好豐沛的早頓，阿舉感覺家己變成一位貴客，心內又閣是一陣驚惶兼歡喜，啊哈，他全然料想袂到，睏一暝親像跋一倒，拾著一文錢。

「牛，敢有安怎無同款？有好勢好勢無？」

「牛看起來真勇壯，下早請人小可檢查一下就好。」

「免啦，免啦，豈敢勞煩大姐。」

阿舉聽著欲請人來檢查彼隻青牛，驚甲捧碗的手皮皮銼，煞落來頷頸、喙唇、食道，一直通到彎彎越越的腸仔，親像畏寒同款，置遐跳二、三跳曼波。

阿舉頭犁犁，毋敢看婦人芬蘭的目睭，這一世人頭一擺佮美嬌以外的查某離一尺近。他煙投的面看來真老實，除了美嬌以外的查某攏會呵咾他煙投，獨獨置美嬌面頭前他永遠矮一階。

窮實講，生作煙投有啥路用？賊仔脯就是賊仔脯，菜脯敢會變干貝？

芬蘭是寡婦，敢將他拖轉來厝裡救治，又閣是置下半暝天將光未光的時陣，他對伊另眼看待。阿舉一直想欲問芬蘭，青牛今馬是啥色緻？又閣想轉來，若是一隻青牛，伊早就驚惶甲他講，不可能鄭恬恬？有可能青牛已經褪色還原，按呢想他就放心矣。

敢是他傷緊張看了目睭脫窗？阿舉哼哼二聲，芬蘭小可注意著他，斡頭對他文文笑，他感受到伊的尊重，這敢不是真悲哀？置他未做賊仔脯晉前，美嬌無對他有過尊重，今馬連生分人攏禮敬他三分，這社會傷龜怪。他心內有淡薄仔歹勢，芬蘭將他當作拍拚認真的查甫仔，不知他是賊仔脯，婦人對煙投的查甫攏會失去理智。他想可能美嬌沒將他看作是煙投桑，想著賣蝦興彼個色癖癖的目睭，他足想欲將阿興的目睭仁挖出來，看他安怎閣再偷看他的婧某？

「你的厝置佗位？」

阿舉面對芬蘭的問題，一時不知欲安怎訴說清楚，總講一句，他愛將牛牽轉去石仔瀨，他沒講厝內有柴耙美嬌置等他。

「你行誠遠的路途……」

阿舉想著一路驚惶趕路位大目降來到菜脯寮，他需要趕緊行上路尾彼里路。

芬蘭佮阿舉輕聲細語講一陣話，阿舉感覺心涼脾土開，原來輕聲講話予人遮呢四適，芬蘭講話時，阿舉感覺全身軀的毛管空攏拍開，親像春天溪邊的風吹來，他的皮膚予伊的溫柔話語洗甲清氣，早知就愛娶一個對他講話細細聲的查某人，不是外表包一層誠婧的皮相，一開喙講話赤耙耙親像柴耙。原來娶某愛聽伊的聲音，不是看外表皮相。

阿舉佮芬蘭頭擺熟識就誠有話講，一直講話講袂煞，阿舉不知影他遮敖講笑詼，有法度弄查某人笑，而且笑得遐歡頭喜面誠滿足。阿舉擛頭看去窗外的日頭光，斟酌每一絲的風聲，追隨每一步的笑聲，他今馬看窗外親像一片霓虹閃熠恰恰恰，嗳呀，原來有一個查某置遮等他，等他來聽伊講心內話，他感覺他已經不在意美嬌是不是佮意賣蝦興，也不在意美嬌是不是置等他轉去。

他的厝置佗位？有人聽你講話的所在就是家的所在。

芬蘭一直守置灶跤煮東煮西，蕃薯削削咧爌蕃薯糖，樣仔切一細丁一細丁，一面煮覓件一面細聲哼歌，歌聲傳入阿舉的耳空，今擺聲音位他的耳空傳到嚨喉、心臟、彎彎越越的腸仔腸肚，傳到腹肚，置遐跳探戈恰恰恰。

阿舉將芬蘭的面看詳細，用手輕輕仔撥弄伊的頭鬃，原來有一寡歲的查某人真正好看的是伊的喙唇，位遮講出甜蜜的話語鼓勵他愛閣再拍拚，閣再親像查甫仔徛挺挺置天地之間。

*

兩個人不知影日後一場風篩即欲橫掃菜脯寮安靜的庄頭。

「阿芬蘭，妳厝內安怎有生分人？閣是查甫人，啥款的來路妳敢知影？」

「大伯，他叫阿舉，一個趕路的人，我看他倒置應公廟邊死死昏昏去，給他拖轉來厝內解救。」

芬蘭看平常時罕得行踏的大伯出現置厝內，心肝頭暗暗驚一著。

除了大伯，閣有三叔公、大伯公，攏是家族拳[5]手頭的家長。面前的長老聽芬蘭訴說，額頭攏皺紋了了，芬蘭毋驚遮序大人安怎想，伊守寡已經有十若冬矣，毋捌予人講過尻川後話，任何的轉身話攏佮伊無牽涉。做人無論安怎圓滿，你轉彎踅角時，尻川永遠攏是向別人，嘴通尻川，管態別人欲安怎講，無人會當得到人人的呵咾，自古干焦奸臣做得到。

「妳欲解救出外人，阮攏無意見，毋通牽涉到家族就無要緊。」

「妳敢知影妳解救的是何等人物？」

「透早，就有別庄的人來遮討人。」

長老們你一句來他一句去，芬蘭猶閣聽無詳細代誌的曲曲折折，伊嘛無給天公借膽來捋長老的喙鬚，滅大人的威風，因為伊的骨骼充滿堅強的意志，遐是十若冬漸漸粒積來咧。

註5
拳：hua。

「是佗位的人來討人？」

「大目降眉庄，黃族長派幾位壯丁專程來拜訪。」

「彼隻牛今馬置佗位？」

「縛置我的牛稠。」

芬蘭心內想牛稠自從伊的翁過身了後，有幾落冬攏無牛置遐食草矣。伊一個查某人面對幾位家族長老，應答的理路清清楚楚，伊斟酌家己講的話合乎邏輯，前後對答如流，講無若久，每一個長老攏總同意芬蘭解救這位外地人，呵咾伊的俠義精神。窮實講是呵咾伊遐大膽，半暝敢去應公廟解救昏昏死死去的查甫人。守寡的婦人其實是半個查甫氣魄，沒人敢講芬蘭不是女中豪傑。

芬蘭斟酌看厝前的鳳凰花亦閣開花，每一葩紅影親像祝福伊遲來的幸福。

「芬蘭，妳若家己做主張就好，阮攏愛妳快樂過日子，有一個查甫人好好過日子是誠踏實。」

阿舉位房間行來大廳裡，給幾位長老見禮，長老看他生做誠將才，頭面四方，身板直閣挺，又閣看芬蘭對他遐佮意，十幾冬無看伊佮啥人鬥陣過，頭一擺伊家己選鬥陣的查甫，就順伊的心意，無人敢閣再講五四三。

本來長老是來質問芬蘭藏查甫人置厝內，今馬煞變成來為一樁好事見證。大伯公小可感覺龜怪，不而過，看芬蘭歡頭喜面，他不敢講啥潑伊的冷水，一位守寡貞潔的婦人晟養兒女成年，才走揣伊家己的幸福，雖然是突然莽撞，好歹也是人的幸福，芬蘭置庄內算是講話有分量的人，講一是一，沒人敢給伊裝肖仔。

大目降來討人是為著啥？憧憧懵懵也沒講清楚，干焦欲討人，這種傲慢的厝邊兜實在予人不敢領教。長老互相置耳空邊講細聲話，等大目降的人閣再來討人，才給問詳細，無講安怎就侵門踏戶欲討人，想著舊年置果菜市場賣樣仔的代誌，大伯公心肝頭就一葩火，明明是菜脯寮種著樣仔，講愛貼大目降的標頭，因為大目降是大型的集散地，菜脯寮是鼻屎仔庄頭爾爾。

大目降是靠勢恁兜的地理位置來路邊方便，交通便利好賺食，無像菜脯寮地勢已經是山崙仔，是置嬈擺啥？大目降若欲佮噍吧哖彼邊拍台也閣早咧，噍吧哖遐有鐵枝路的路透，雖然是細條鐵路支線，遐的街市比大目降閣卡熱鬧，大目降就矮一階矣。

落雨矣，庄頭全全路糊仔糜，長老連牛稠的牛也無看一目睨，糊裡糊塗就放阿舉過關，長老想這也不是啥大代誌，婦人找門陣仔查甫有啥通好參詳，伊家己佮意家己負責，長老不愛管婦人的閒仔事。

落雨的暗暝，阿舉坐置窗前，心肝頭親像秤錘仔置捶，緊張甲強欲講不出話，佳在，長老尊重芬蘭，他真正拄著好運，輕鬆過關。阿舉趕緊去牛稠探望他的青牛。當他看著青牛猶原是青色的色緻，他的心有一半閣再給秤錘仔捶著，青牛牽去芬蘭的牛稠也是青牛。阿舉足想欲給牠用油彩彩成水牛色，若是水牛色就穩篤篤矣，他順勢留置菜脯寮佮芬蘭好好過日子，他敢掛保證會好好疼惜伊，若安呢他的後半生就親像貓鼠仔入牛角，正港穩篤篤。

彼的暗暝，阿舉佮芬蘭就真正鬥陣矣，草地人的姻緣遮呢簡單，兩人佮意就牽手，當阿舉攬抱著芬蘭時，他感覺有淡薄仔心虛，一時仔，他的心給幸福的感覺填甲飽湍，芬蘭給他一個有向望的未來。

但是有一個代誌誠龜怪，芬蘭從來無問過青牛的代誌！阿舉也不敢問芬蘭青牛的代誌，青牛一直攏安答置四適的牛稠食牠的草。

＊

「阿菜脯寮的長老，晉前派人來貴寶庄討人，攏無看著貴寶庄有誠意回應。」

「阿大目降的長老，有，有一個人已經置咱庄安身落戶。」

「幹你娘，你這個菜脯寮是賊仔庄嗎？連彼種偷牽牛的賊仔脯，也會當置遮安身落戶，菜脯寮啥時陣淪落作賊仔脯寮？」

「駛你娘，你大目降小小一個眉庄，也敢置遮唱鬚，我庄欲允准誰人安身落戶，敢需要別人敲印同意？你置遮燒擺威威？」

「幹你祖媽，你菜脯寮無是非黑白，番顛啊？」

「駛你祖媽，我若交人出來予你，我就無姓鄭。」

大目降的人這擺來不少人，兩方長老幹過來駛過去，愈來愈親像欲火燒，菜脯寮長老已經氣甲鼻孔清煙，眾人看板勢無好，趕緊派人去田裡喊阿舉來對質。

無若久，阿舉牽著彼隻牛來到廟埕，他將牛綁置龍眼樹跤，看著大目降的人，他雙跤皮皮銼，但是為著他心愛的芬蘭，他拍算面對一切，這時陣，他規身軀的氣力攏來自心肝底，芬蘭逐日置遐唱歌唸詩，溫柔的所在。

「大家來看，我大目降的牛耳攏有剪二個跡，摸牛的齒槽就知影。」

「這隻牛明明就是我大目降的牛，給賊仔脯偷牽來遮，你菜脯寮替賊仔脯掩蓋，該當何罪？」

「偷牽牛，豬狗禽獸閣 khah 不如，掩蓋偷牽牛的人，共犯。」

大目降的人橫霸霸搶過牛就給牛嘴袒開，完全當作是無人管的庄頭，菜脯寮眾人這時陣已經忘記咧質問阿舉安怎偷牽牛，顛倒給大目降人的傲慢所氣憤起來的火燒著，很緊雙方就拏刀拿鋤頭強強欲拍起來。

「且慢，這隻牛是青色咧，你大目降敢有遮呢婧的青牛？」

阿舉不知佗位來的勇氣，跳上桌仔頂，置桌頂懸懸的角度，他看著的牛猶原是青色的。

「青色的牛？你置講肖話？」

原本緊張甲欲起呸面的情勢，一時仔，大家攏笑咧。

芬蘭這時陣也來到人群中，伊看阿舉爬上桌頂，眾人圍著牛議論紛紛，伊小可知影是發生啥代誌，伊欲徛佇佗伊爿？伊看位阿舉徛的所在，阿舉拄好置看伊，阿舉的目睭有一種柔情，是瘦赤害人去作賊？芬蘭想袂到阿舉的牛是偷牽來的，伊現準講他是暗暝拍拚趕路的查甫仔，想袂到是半暝偷牽牛趕暗路。是安怎伊攏看無對人？不而過，查某人愛的就是一個疼惜伊的查甫人，掇著賊仔脯就作賊婆。芬蘭想到遮，也縱身跳上桌頂。

「是啊，這隻牛置我的牛稠，一直攏是青色，大目降何時出產青色的牛？」

阿舉毋知影原來芬蘭佮他同款看著青色的牛，莫怪兩人會鬥陣。

「只有看會著青色牛的人才是牛的主人，你誰人看會著？親像樹葉的青色，上婧的青色。」

芬蘭大聲喊，這時陣，廟埕攏總無聲勢，大目降的壯丁各個也恬寂寂。

菜脯寮這爿也是恬寂寂，無人出聲。

沒人敢講牛不是青色，也沒人敢講牛是青色的。

落大雨矣，雨落佇樹頂，落佇阿舉佮芬蘭的頭殼頂，落佇眾人的身軀。雨將一場不知影欲安怎煞尾的戲三兩下就解決矣。很緊廟埕人群攏散戲，沒戲棚就無人讚聲，青牛的代誌暫時散棚。

轉去厝內，阿舉誠溫柔對芬蘭輕聲細語。

「芬蘭，咱倆人真正是相知相惜，我以為干焦我一人看著青色的牛，想袂到妳也同款，我不是孤單一人。」

阿舉位後壁將芬蘭攬牢牢，全身軀的熱氣攏傳播給芬蘭。

芬蘭轉一個勢，將他的身軀扳過來，大大力搧他一個嘴撇。阿舉想欲閣再攬抱伊，芬蘭已經拏菜刀頂著他的胸崁。這時陣，芬蘭幽幽問他。

「是安怎欺騙我？」

芬蘭目眶紅紅，面色青青無像置滾笑。

「欺騙人會被押去溪仔邊刣頭。你敢相信我看著是青色的牛？這種故事你編得出來？」

「芬蘭，是真正的，我看著的牛是青色的，我置應公廟彼暝看牠變色矣。」

原來芬蘭抂才是為著解救他，才會講伊看著的牛是青色。

「你包袱款款仔，盈暗緊走！」

「無愛，無愛，我無愛走！」

「你以為大目降的人會放你煞？」

芬蘭直愣愣看著阿舉的目睭，遐無講白賊的感覺，但是欲安怎證明？

「青色的，青色的，世間有青色的牛？你證明給我看啊！」

芬蘭坐置土跤嚶嚶悲泣，目屎流目屎滴，菜刀囥置一邊，阿舉感覺一種悲愁，芬蘭叫他款包袱不是講講仔爾爾，是叫他透暝走路。

「芬蘭，我明仔早去大目降您兜給您跪，懇求您諒解。」

芬蘭無閣再看阿舉一目睨，伊頭犁犁無閣再看伊的查甫人。

*

暗暝的溪邊，阿舉孤身獨影來到無人的溪邊，他牽著彼隻青牛，行誠遠的路途，位菜脯寮行到大目降眉庄，這時陣，他佮牠兩個攏虛累累倒置廟邊，阿舉看著眉庄的路燈，這時陣感覺誠溫暖，他牽著牛來到路燈跤，向望路燈閣再將牛變轉來水牛色，這一切攏是一場陷眠。阿舉牽著牛無感覺家己睏去，他無發覺大目降遮是山崙，這間廟是啟建置山崙邊，他雙跤踏無實，不細貳就跋落邊崁，撞著石頭，他又閣再死死昏昏去。

阿舉醒來的時陣，牛綁置龍眼樹跤，他一心一意想欲將牛牽轉去還給原來的主人，順著他記持的路草逗逗行，只有牛陪伴著他孤單的形影。

「咦，牛何時褪色轉來水牛色？」

阿舉看著身邊的牛褪色還原，心內一陣地動。等我找著牛的主人，我就會當轉去菜脯寮佮芬蘭團圓。想著心愛的芬蘭，阿舉鞭拍著牛尻川，緊行，緊行。青牛已經變轉來水牛色，芬蘭一定會等他轉去圓滿規家。牛偏偏若像佮他作對，行得慢又閣濟屎尿，無張遲害他的衫褲黏著牛屎，他找水塘將家己佮牛攏洗清氣，查甫人佮牛又閣趕路，星夜的路只有人佮牛孤單的形影，佳在，有牛作伴。

他無張遲想著老厝內的㛪某美嬌，不知美嬌今馬置佗位？敢會煩惱他無轉去？

今馬牛若牽轉去還主人，不知影敢會被眉庄的人將他掠去關置籠子內？不定著牛的主人早就已經集合壯丁，他今馬若是牽牛轉去還，拄好被掠去關。

想著種種的情況，想著今仔日置菜脯寮拄著大目降遐濟壯丁，他閣講牛是青色的，對他來講是真實的，對別人來講是白賊。

你想，今馬牽牛轉去眉庄，牛的主人就會諒解他？或者是閣再給他凌遲？他閣再一擺置眾人面頭前無面子。

阿舉想過來想過去，將想法篩過來篩過去，篩甲賰一支草，彼個皸痕已經種置他的心田。

暗暝的路途遙遠，阿舉牽著牛轉踅過來，向著故鄉的方向逗逗仔行。

「愛給美嬌講這隻牛是路邊拾著，風篩天拾著牛的。」

阿舉的頭犁犁，不敢擛頭看天頂的星，盈暗的天頂也無半粒星。

國家圖書館出版品預行編目(CIP)資料

烏鬼記／涂妙沂著. -- 初版. -- 臺北市 : 前衛,
2019.04
面； 公分
ISBN 978-957-801-874-7(平裝)

857.63 108003704

烏鬼記

作　　者　涂妙沂
主　　編　鄭清鴻
責任編輯　李偉涵
美術設計　李偉涵
出版贊助　國|藝|會 NCAF

出 版 者　前衛出版社
地　　址｜10468 臺北市中山區農安街 153 號 4 樓之 3
電　　話｜02-25865708
傳　　真｜02-25863758
郵撥帳號｜05625551
業務信箱｜a4791@ms15.hinet.net
投稿信箱｜avanguardbook@gmail.com
官方網站｜http://www.avanguard.com.tw
出版總監　林文欽
法律顧問　南國春秋法律事務所
總 經 銷　紅螞蟻圖書有限公司
地　　址｜11494 臺北市內湖區舊宗路二段 121 巷 19 號
電　　話｜02-27953656
傳　　真｜02-27954100
定　　價　新台幣 350 元
出版日期　2019 年 4 月初版一刷

Printed in Taiwan ISBN 978-957-801-874-7